정원을 거닐며 삶을 배우며

정원, 삶의 일부가 되다

정원을 거닐며 삶을 배우며

정원, 삶의 일부가 되다

—

인쇄 2021년 4월 5일 1판 1쇄 **발행** 2021년 4월 10일 1판 1쇄

지은이 송태갑 **펴낸이** 강찬석 **펴낸곳** 도서출판 미세움
주소 (07315) 서울시 영등포구 도신로51길 4
전화 02-703-7507 **팩스** 02-703-7508 **등록** 제313-2007-000133호
홈페이지 www.misewoom.com

정가 16,000원

—

ISBN 979-11-88602-34-6   03810

정원, 삶의 일부가 되다

정원을 거닐며
삶을 배우며

송 태 갑 지음

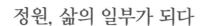

美세움

삶을 묻는 이에게 들려주는 정원 이야기

만일 누군가 여행티켓을 손에 쥐어 주면서 어떤 여행을 하고 싶은지를 묻는다면 나는 주저 없이 "정원여행"이라고 답할 것이다. 아직 그런 선물을 받은 적은 없지만 감사하게도 그동안 세계 각국의 정원들을 더러 구경할 기회가 있었다. 앞으로도 나는 여전히 정원여행을 꿈꾸며 살 것 같다. 왜냐하면 정원만큼 나를 설레게 하고 위로를 주고 희망을 갖게 하는 그 어떤 것도 아직 발견하지 못했기 때문이다.

정원의 기원은 성서에 나오는 에덴으로 거슬러 올라간다. 'Garden정원'은 히브리어로 울타리를 뜻하는 'Gan'과 기쁨을 의미하는 'Eden'이 합쳐져 만들어졌다. 창세기에 의하면 에덴동산은 사람이 살고 지내기에 완벽한 곳이었다. 부자가 되기 위해 창고를 채워야 한다거나 기후나 환경문제 등으로 걱정하는 일은 없었다. 그야말로 자유, 평화, 기쁨이 넘치는 낙원Paradise

그 자체였다. 하지만 불행히도 신뢰를 저버린 인류 최초의 인간 아담과 하와는 그곳으로부터 추방당하는 비극을 맞이한다. 낙원에서 쫓겨난 후에도 인류는 잠재되어 있던 에덴에 대한 추억을 잊지 못하고 줄곧 그곳을 동경하며 살아왔다. 어쩌면 세상의 수많은 정원들은 에덴의 유사품이라고 해도 과언이 아니다. 그런 의미에서 어떻게 살아야 하는지 고민하고 갈등하는 세상의 많은 문제들에 대한 실마리를 찾는 데 정원여행이 조금이나마 도움이 될 수 있다면 좋겠다.

정원은 자연을 비롯한 역사, 문화, 예술 등 다양한 관점에서 인간의 재능을 특정장소에 집약적으로 표현한 결과물이다. 그래서 그 지역과 사람들을 이해하기 위한 곳으로 그만한 여행지도 없다. 정원을 즐기기 위해 반드시 전문적인 식견을 갖출 필요는 없다. 다만 자연이나 사람을 꺼려하는 일만 없으면 된다. 흥미로운 것은 세상에 수많은 정원이 있지만 똑같은 풍경은 하나도 없다는 점이다. 늘 보는 정원도 매일 다르고 계절마다 다르다. 정원은 생명이 숨 쉬는 신비로운 예술작품이다. 어떤 정원을 찾아 떠나든지 그 여정에는 늘 설렘이 함께한다. 정원은 분주한 삶에 지친 사람에게는 쉼을 주고 세상으로부터 상처받은 사람에게는 위로를 준다. 문학과 예술에 종사하는 사람들에게는 영감을 주기도 한다. 그렇다고 세상의 모든 정원을 예찬하려는 것은 아니다. 정원을 조성하는 사람들의 목적이나 취지는 천차만별이다. 그것을 누리는 사람들도 실로 다양하다. 나라마다 장소마다 정원의 양식이나 디자인, 도입요소들도 각양각색이다. 인류역사와 더불어 시작된 정원의 역사는 이집트와 메소포타미아의 공중정원hanging gardens을 비롯하여 지형을 이용한 이탈리아의 테라스 정원, 프랑스의 평면 기하학식 정원, 영국의 자연풍경식 정원 등 저마다 독특한 양식으로 조성해 왔다. 이슬람 정원도 종교적 낙원사상과 결합하여 독특한 양식을 추구해 왔다. 동양도 다를 바 없다. 중국 정원은 도교의 신선사상과 권력자들의 위상을 상징하는 정원 등이 많고, 일본 정원은 자연을 축소하여 섬세하게 기교를 발휘한 디자인 양식이 특징이다. 한국 정원에서는 주변 자연을 차경借景하여 인위적 요소를 최소화한 자연풍경식 정원을 많이 볼 수 있다.

어떤 나라나 지역을 알기 위해서는 자연을 찾아 떠나기도 하고, 전통이 서려 있는 곳으로 가는 것이 도움이 된다. 뿐만 아니라 거기에 살고 있는 사람들을 만나보는 것도 좋을 것이다. 그런데 세 가지를 한꺼번에 만날 수 있는 곳이 있다면 더 바랄 게 없겠다. 그곳이 바로 정원이 아닌가 싶다. 정원에서는 자연의 아름다움과 시간의 흔적을 접할 수도 있다. 게다가 역사 속의 인물 혹은 현대를 살아가는 사람들을 두루 만나볼 수 있다. 정원은 천 가지 표정을 하고 있어서 보고 또 봐도 질리지 않는다. 게다가 기분 좋은 향기를 뿜어내고 맛있는 과일을 제공하기도 하며 자연의 섭리를 통해 우리에게 많은 것을 가르쳐 준다. 정원은 이웃사람들과의 소통을 위한 이야깃거리를 만들어 주기도 한다. 꽃으로, 단풍으로, 열매로 끊임없이 사람들에게 기쁨이 되어 준다.

그렇다고 정원은 그 자체가 낙원이 될 수는 없다. 이 세상에 낙원이 없듯이 완벽한 정원 또한 없다. 다만 우리에게 필요한 만큼의 소소한 행복을 곳곳에 숨겨두고 있다. 먼저 자연이 얼마나 고마운 존재인가를 배우게 한다. 우리가 살아가는데 필요한 바람직한 삶의 자세도 가르쳐 주고 관용도 배우게한다. 봄에는 꽃피는 식물이 사랑을 받고, 여름에는 푸른 잔디와 우거진 나무가 인기가 있으며, 가을에는 단풍이나 열매맺는 식물이 주목을 받는다. 하지만 정원의 꽃과 나무들은 자신의 아름다움을 뽐내거나 질투하지 않는다. 다만 함께 어울려 정원의 일원으로서 정원을 빛내기 위해 자신의 역할을 묵묵히 수행할 뿐이다. 정원에서는 만남과 기다림에 대한 교훈도 배운다. 다음해에 또 꽃, 녹음, 열매 등을 만나기 위해서는긴 겨울을 기다려야 하기 때문이다. 정원의 유익함은 말로 다표현할 수 없다. 그래서 길을 물어서라도 정원을 찾아 떠나 보기를 권하고 싶다.

2021년 3월
송태갑

차 례

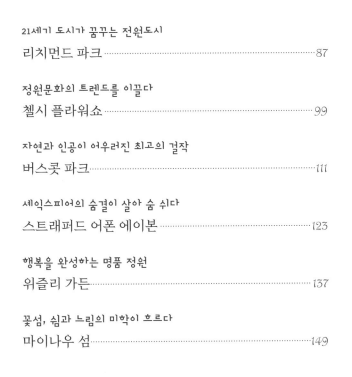

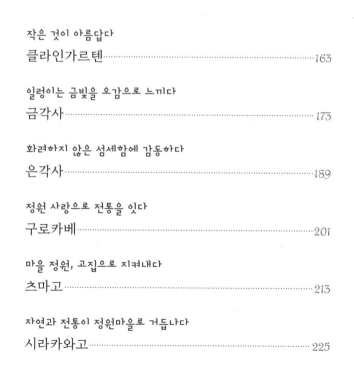

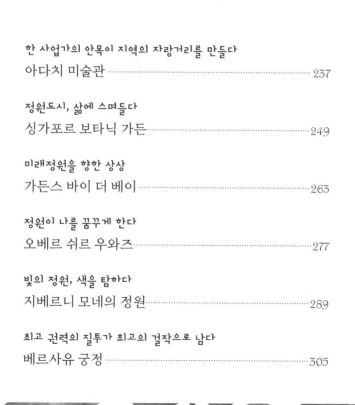

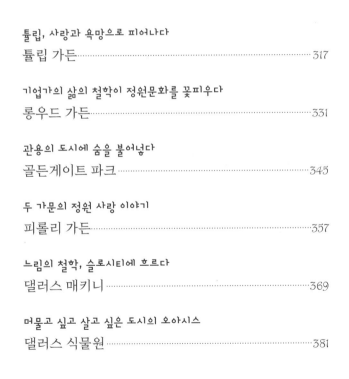

인문학적 감성으로 나누는

정원 이야기

Gardens Story

정원이 사람들에게 무슨 얘깃거리가 되고 지역에는 또 어떤 의미가 있을까?

어릴 적에 누구에게도 방해받지 않고 놀 수 있는 아지트 하나쯤 갖고 싶어 한 적이 있을 것이다. 어른이 되어서도 크게 달라지지 않았음을 느낄 때가 많다. 그것이 어떤 형태든 누구나 자신만의 비밀정원을 꿈꾸지 않은 사람은 거의 없을 것이다.

역사적으로 정원은 생활공간의 부속물로 삶의 질과 깊은 관련이 있지만, 때로는 자신의 권력이나 위상을 과시하는 수단으로 이용되기도 하고, 현실적인 취미생활이나 정신적 위안을 얻는 데 활용되기도 하였다. 특히 문학가나 예술가들에게 정원은 각별한 공간으로 창작의 산실이자 교류의 장이 되기도 하였다.

정원은 영어로는 'Garden', 독일어로는 'Garten', 프랑스어로는 'Jardin'인데, 원래 히브리어의 'gan'과 'oden^eden'의 합성어로서 'gan'은 '울타리' 또는 '위요된 공간'을 의미하며, 'oden'은 '즐거움', '기쁨' 등의 의미를 담고 있다. 요컨대 정원의 기원은 에덴동산으로 거슬러 올라가는 셈이다. 에덴동산^Eden은 성서(창세기)에 등장하는 곳으로 원래 걱정이 없고 풍요로우며 기후도 온화하여 더할 나위 없이 살기 좋은 곳이었다. 아담과 하와가 선악과를 따 먹는 죄를 범하기 전까지는 야훼^God와 대화도 나누면서 즐겁게 지내던 곳이었다.

존 밀턴^John Milton, 1608-74은 《실낙원失樂園, Paradise lost》과 《복낙원復樂園, Paradise regained》을 통해 하나님에 대한 불순종으로 인해 잃어버린 낙원과 예수 그리스도를 통해 이를 회복하는 이야기를 대서사시로 전개하기도 했는데, 그런 의미에서 에덴은 정원^Garden의 원형으로서 모든 사람의 마음속에 내재되어 있는 본능적 동경의 대상이자 상징이라고 할 수 있을 것이다.

일반적으로 정원은 특정건물에 부속되어 공간의 특성에 따라 다양한 형태로 디자인되어 존재해 왔다. 예를 들면 주택정원, 수도원정원, 사찰정원, 별서정원, 궁궐정원 등이 있다. 아울러 정원은 조성목적, 그리고 자연지형 및 문화적 특성 등 제반여건의 영향을 받아 시대별, 국가별로 독특한 양식을 낳기도 했다.

바야흐로 정원이 주목을 받고 있다. 정원에 대한 관심은 사실 새삼스러운 일은 아니다. 프랑스의 베르사유 정원, 오스트리아의 미라벨 정원, 중국의 졸정원拙政園, 일본의 후락원後樂園 등은 많은 사람들의 사랑을 받고 있고 관광자원으로서도 유감없이 저력을 발휘하고 있다.

잘 알려진 바와 같이 담양 소쇄원, 보길도 부용동정원, 강진 백운동정원 등 훌륭한 별서정원과 송광사, 대흥사, 백양사 등 수려한 사찰정원 등이 새삼 주목을 받고 있다. 게다가 최근 훌륭한 현대정원들도 만들어지고 있다. 순천만국가정원(제1호), 울산태화강국가정원(제2호) 담양 죽녹원, 곡성 장미정원, 가평 아침고요수목원, 외도 보타니아, 춘천 제이드 가든 등이 바로 그것이다. 더 이상 정원이 울타리 안에 갇혀 있거나 특정인들만의 전유물이 아니고 지역관광의 활로를 열어 주는 소중한 지역자원이 되고 있다.

정원은 전통, 문화, 생태 등의 개념을 융복합적으로 담아낼 수 있는 매력적인 브랜드이고, 이를 보다 체계적으로 추진하여 도시 전체를 정원화하려는 사례도 점차 늘고 있는 추세다. 요컨대 '정원도시Garden City'는 시민이나 관광객 양자에게 필요한 복지의 상징이자 미래도시의 이상향이라는 점에서 관심의

〈쾌락의 정원〉[1](스페인 프라도 미술관 소장, 220×195cm)

대상이 되고 있다.

　정원 이야기는 무궁무진하다. 이제 그 정원 속에 숨겨진 소소한 이야기들을 함께 나누고자 한다. 정원의 매력은 무엇이며, 그 가치와 역할은 어디까지일지 주목하고자 한다.

　덴마크 화가 히에로니무스 보스Hieronymus Bosch, 1450-1516의 작품인 〈쾌락의 정원The Garden of Earthly Delights〉, 나무 패널에 그려진 세 폭의 그림 중 왼쪽 부분은 에덴동산에 앉아 있는 아담과 이브가 원죄를 범하기 전의 상태로, 마치 천지창조의 순간을 보여주는 듯한 신비로운 풍경들과 각종 동물들이 평화로운 에덴동

〈이삭과 리브가의 결혼이 있는 풍경〉(영국 런던 내셔널 갤러리 소장, 1648)

산을 그려내고 있다. 반면, 오른쪽 패널에는 각종 고문도구와 고통으로 절규하는 인간들의 모습, 그리고 음산한 기운이 감도는 검붉은 색채가 화면 전반을 구성하면서 천국으로 상징되는 에덴동산과 대조를 이룬다. 중앙의 패널에는 인간이 향유할 수 있는 온갖 쾌락을 즐기는 벌거벗은 인간 군상들을 중심으로 여러 종류의 동물들과 과일 등이 복잡하게 얽혀 있다. 어

베르사유 궁정의 전경

쩌면 인간이 추구하는 천국의 풍경일지도 모르겠지만, 자세히 보면 에덴동산에서 볼 수 있는 고요하고 한가로운 풍경과는 거리가 먼 무질서와 탐욕의 세상을 그리고 있다. 이 세 개의 패널은 독자적인 성격을 띠면서도 상호조합을 통해 일련의 스토리를 말해 주고 있다.

　클로드 로랭Claude Le Lorrain, 1600-82의 작품인 〈이삭과 리브가의 결혼이 있는 풍경〉[2]이 주목하게 하는 것은 성경의 스토리가 아니라 풍경이라고 해도 과언이 아니다. 에덴정원에서 추방 당한 이후 풍경화들을 보면 마치 제2의 에덴정원을 묘사하는 듯하다. 정원이 삶과 유리된 것이 아니라 삶터가 정원이고 정원이 삶터였던 것이다.

17세기에 건축된 베르사유 궁의 정원은 루이14세부터 루이 16세까지 프랑스 왕들이 거주했던 곳으로 여러 세대에 걸쳐 건축가 루이 르보와 쥘 망사르, 조경설계가 르노트르, 화가 샤를르 브룅 등 수많은 거장들이 합작한 명품 궁정宮庭이다. 당시 궁정은 권력의 위상을 뽐내는 수단이 되기도 했는데, 이후 17세기 말부터 18세기 동안 유럽 전역에 걸쳐 궁정의 모델이 되어 수많은 모방 궁정들이 조성되기도 하였다. 현재 세계문화 유산으로 지정되어 있으며 내셔널 지오그래픽이 선정한 세계에서 가장 아름다운 정원으로 선정되기도 하였다.

어쨌든 정원은 종교 · 정치 · 문화 · 예술 · 도시 · 환경 등 다양한 분야에서 이야기되어 왔다는 점에서, 세계사에서 결코 빼놓을 수 없는 소재인 것만은 사실이다. 어쩌면 우리 미래의 삶에 대한 방향성을 오래된 정원에서 찾을 수 있을지 모르겠다.

풍경, 소박한 삶을 담아내다

아미시 공동체

Amish Village

단순하고 소박한 삶,
아미시 공동체로부터 배우다

몇 해 전 미국의 델라웨어 주립대에서 일 년 동안 방문연구자로 체류한 적이 있다. 거기서 알게 된 것은 델라웨어 주가 미국의 첫 번째 주州라는 사실이었다. 머문 곳은 '신 방주方舟'라는 의미를 가진 뉴악Newark이라는 도시로 시골 냄새 물씬 풍기는 조용한 곳이었다. 근처에는 이렇다 할 쇼핑타운이 없어 인근 외곽이나 이웃 도시로 가야만 했는데 개인적으로 펜실베이니아 랭커스터라는 작은 도시에 가는 것을 꽤 좋아했었다. 그곳의 풍경은 왠지 여유가 있고 치유받는 느낌이 들어 창밖 풍경을 보면서 드라이브하는 것 자체가 즐거웠다. 랭커스터는 쇼핑센터뿐 아니라 초콜릿, 사탕 등으로 유명한 허쉬 공장The

Hershey Company과 주변 풍경도 아름다웠다. 목축업과 농업 등이 주를 이루고 있어 목가적이고 평화로운 전원풍경을 감상할 수 있다. 그래서인지 유기농축산물 판매장을 여기저기서 볼 수 있고 유기농 전문 뷔페식당도 꽤 유명할 정도다.

그런데 뭐니 뭐니 해도 랭커스터 하면 가장 먼저 떠오르는 것은 소박하고 목가적인 풍경을 만들어내는 사람들이 살고 있는 아미시 마을을 빼놓을 수 없다. 랭커스터는 토양이 비옥하고 생태적으로 잘 보전된 곳으로 손꼽히는 지역이다. 숲과 개울 등 천혜의 아름다운 자연이 주어진 측면도 없지는 않지만 비옥한 땅과 아름다운 풍경은 거기에 사는 사람들의 의지와 땀방울 없이는 불가능한 일이기에 더욱 주목하게 된다. 그렇다면 이러한 천혜의 땅이 어떻게 아미시 사람들의 차지가 되었을까 자못 궁금해지는 대목이다.

종교개혁 이후 혼란이 지속되던 유럽 대륙은 18세기에 들어서도 종교적 갈등이 사라지지 않았고, 이와 더불어 해를 거듭할수록 흉년이 심해져 마침내 많은 사람들이 생계를 위협받는 수준에까지 이르게 되었다. 설상가상으로 멈추지 않는 전쟁으로 젊은이들이 희생되고 시민들은 세금을 내는 것마저도 버거워졌다. 한편 대서양 너머 미국 대륙에서는 영국의 식민지 건설이 본격화하고 있었다. 때마침 삶의 희망을 잃은 유

럽 사람들에게 꿈의 대륙, 미국 소식은 희망을 이어갈 유일한 탈출구였던 셈이다. 그동안 은둔생활을 하던 재세례파 교도들은 총을 들고 전쟁터에 나가는 것을 거부한 죄까지 씌워져 네덜란드, 러시아 등 인근에 있는 다른 나라로 이주하고 있던 터였다. 그 무렵 그들에게 기쁜 소식이 전해져 왔다. 바로 미국 대륙에 건설된 식민지 펜실베이니아로부터였다. 자메이카를 정복한 영국 해군 제독 윌리엄 펜 경Sir William Penn의 아들 윌리엄 펜이 부친에게 물려받은 유산으로 신대륙의 광활한 땅에 식민지를 건설하기로 마음먹고 1681년 영국으로부터 특허장을 받아냈다.

그는 숲이 유난히 많은 아름다운 이곳을 자신의 성姓 'Penn'에 숲이라는 의미를 가진 'sylvania'를 더해 'Pennsylvania'라고 명명하게 되었다. 독실한 영국 국교도 집안의 반대를 무릅쓰고 퀘이커 교도The Quakers가 되어 옥살이를 하는 등 자처해서 종교적 박해를 당했던 윌리엄 펜은 이곳 펜실베이니아에 정치적으로나 종교적으로 완전한 자유를 보장받는 '지상의 낙원'을 만들기로 결심했던 것이다. 자신의 원대한 꿈을 실현하기 위해 식민지 내 정착민들에게 정치적 · 종교적 자유를 보장함은 물론, 가족 수에 비례한 토지의 무상공여와 초과분의 토지에 대해서는 저렴한 가격으로 양도하는 등 다양한 특혜를 주기도 했다. 그러한 내용을 담은 안내책자를 발행하여 유럽 전역에 배포했고 스스로 유럽 여기저기를 돌아다니며 홍보하는 적극성을 보이기도 했다. 윌리엄 펜은 이러한 이상향을 건설하려는 자신의 노력을 '성스러운 실험the Holy Experiment'이라고 의미부여하기도 했다. 종교적 갈등으로 어려움을 겪고 있던 개신교도들에게 이것은 더할 나위 없이 기쁜 소식이었다. 특히 벼랑 끝에 내몰려 있던 재세례파 교도들에게는 신이 내려준 기적같은 희망의 밧줄이었던 셈이다.[3]

독일계 재세례파 교도들은 앞장서 '성스러운 실험'의 대상이 되기를 자처했는데, 이윽고 종교의 자유를 찾아 펜실베이니아로의 이주 물결에 합류하게 되었다. 바로 그 물결 속에 소수의 아미시 사람들이 끼어 있었던 것이다. 이들은 1730년경을 전후하여 주로 랭커스터에 정착했는데 일부는 벅스, 체스터, 레바논 카운티 지역에 정착한 것으로 전해진다. 아미시 사람들이 이곳에 정착한 이유는 처음 도착한 항구 필라델피아와 가까운 곳이기 때문이기도 했지만, 그들이 삶터로 택한 중요한 요소인 농사짓기에 적합한 기후와 토양 등 자연환경이 잘 갖추어져 있었기 때문이었다. 특히 이주 전에 살았던 독일의 라인 강변이나 스위스 지방과 유사한 자연환경도 정착하는 데 크게 한몫했을 것으로 추정하고 있다.

아미시 마을로 들어가면 커다란 교회도 현란한 십자가도 발견하기 쉽지 않다. 예배를 교회에서 드리지 않기 때문이다. 그들이 교회 건물을 짓지 않고 교도들의 집에서 예배를 보는 관행은 크게 두 가지가 있다. 첫 번째 이유는 성서인데 "우주와 그 가운데 있는 만유를 지으신 신께서는 천지의 주재시니 손으로 지은 전殿에 계시지 아니하시고(사도행전 17장 24절)"라는 말씀에 따른 것이고, 또 다른 이유는 종교개혁 당시 혹독한 박해를 피해 산간벽지 등을 전전하며 형편에 따라 비밀리에 예배드리던 풍습이 오늘에까지 이어지고 있다는 것이다.

이들 아미시에 대해 종교적으로나 사회적으로 늘 고운 시선으로 보는 것은 아니다. 말하자면 성서를 보수적으로 해석한다든가, 전도를 적극적으로 하지 않는 점 등을 들기도 한다. 또 문명의 이기를 거부하고, 무채색 옷을 즐겨 입고, 마차를 교통수단으로 활용하며, 소를 이용해 밭을 일구는 풍경 등은 현대인들에게 이질감으로 다가올 수 있을 것이다. 하지만 그들은 부를 축적하기 위해 자연을 함부로 훼손하거나 남을 배타적으로 생각하지 않는다. 그들은 전통을 중시하며 살고 있고, 무엇보다 그럴듯한 말이나 구호보다 실제 삶 속에서 묵묵히 자연을 아끼고 공동체를 사랑하며 소박하고 여유 있는 삶을 살고 있다는 점에 주목할 필요가 있다.

낙원을 꿈꾸는 사람들,
풍경으로 말하다

'준 낙원Almost Paradise', '가든 스팟Garden Spot' 등은 아미시 공동체 사람들이 모여 사는 펜실베이니아 랭커스터 지방을 일컫는 일종의 별칭이다. 이는 '지상의 낙원' 혹은 '정원처럼 아름다운 지역'이라는 데서 붙여진 이름이다. 유독 구릉이 많고 그 구릉 위에 펼쳐진 들판과 목장, 그리고 사이사이에 들어선 집들과 수목 등이 그야말로 목가적인 풍경을 연출하고 있다. 게다가 졸졸졸 흐르는 크고 작은 개울들이 한데 어우러져 마치 에덴동산을 연상케 할 만큼 아름답다. 원래 정원이라는 용어가 에덴에서 유래했다는 것은 우리가 익히 알고 있는 사실이다. 누구나 낙원을 동경하며 살지만, 아미시 공동체는 단순히 바라는 데 그치지 않고 실제 현실 생활에서 자신들의 삶터를 정원처럼 가꾸며 살고 있는 것이다. 성서 창세기 2장에는 에덴동산을 묘사한 장면이 나온다.

여호와 하나님이 동방의 에덴에 동산을 창설하시고 그 지으신 사람을 거기 두시고

여호와 하나님이 그 땅에서 보기에 아름답고 먹기에 좋

은 나무가 나게 하시니 동산 가운데에는 생명나무와 선악
을 알게 하는 나무도 있더라

　강이 에덴에서 발원하여 동산을 적시고 거기서부터 갈라
져 네 근원이 되었으니

　…

　여호와 하나님이 그 사람을 이끌어 에덴동산에 두사 그
것을 다스리며 지키게 하시고.

　사실 정원의 원류라고 할 수 있는 에덴은 단순히 아름다운
곳이라는 점만을 의미하지는 않는다. 사람이 살면서 먹을거리
를 걱정하지 않고 살 수 있도록 풍요롭고 비옥한 땅이라는 것
을 알 수 있다. 말하자면 쾌적하고 아름다운 동시에 지키고 가
꾸어 지속적인 경제구조를 갖추어야 함을 말해 주고 있다. 우
리 사회가 목이 터져라 강조하고 있는 생태와 경제라는 두 축
이 지속적으로 균형과 조화를 이룰 수 있어야 진정한 낙원이
될 수 있음을 말해 주고 있다.

　사실, '생태Ecology'와 '경제Economy'는 뿌리가 같다는 것에 놀
라지 않을 수 없다. 그리스어 '오이코스Oikos'라는 단어는 영어
의 '에코Eco'의 어원인데, 여기서 '에코로지Ecology'와 '에코노미
Economy'가 파생된 것이다. 이처럼 한 형제로 시작했지만 생태

와 경제는 각자 제 갈 길로 가면서 갈등구조로 치닫게 되었고 지구의 환경 및 공동체에 많은 문제를 발생시켰다. 마치 성서에 나오는 이삭과 이스마엘 이야기처럼 이삭은 선한 길로 가지만, 이스마엘은 자꾸 비뚤어진 길로 가면서 가족공동체에 이상이 생기는 현상과 다를 바 없다. 오이코스라는 단어는 집家 혹은 가정공동체라는 의미를 담고 있는데, 이는 우리의 기초공동체인 가정家庭이라는 단어 자체에 이미 집家과 정원庭을 포함하고 있어 이 같은 사실을 뒷받침해 주고 있다. 그런 의미에서 아미시 공동체의 삶터 가꾸기, 자연보전 등의 삶의 방식은 정원에 대한 올바른 이해는 물론이고 낙원을 지향하는 바람직한 삶의 자세라고 할 수 있다. 게다가 그들의 진정성 있는 생활방식은 우리가 수없이 외치고 있는 지속 가능한 지역개발을 위한 실마리를 찾는 데 실질적인 도움이 되지 않을까.

낭만의 재발견

알함브라 궁정

la Alhambra Court

낭만과 추억의 상징,
아름다운 궁정 알함브라

한때 사람들이 알함브라 궁전에 부쩍 관심이 많아졌던 적
이 있다. 아마도 2018년 연말과 2019년 연초 사이에 모 방송국
에서 방영했던 '알함브라 궁전의 추억'이라는 주말 드라마 영
향 때문이 아닌가 싶다. 이 드라마는 투자회사 대표인 남자주
인공이 비즈니스로 스페인 그라나다에 갔다가 전직 기타리스
트였던 여자주인공이 운영하는 낡은 호스텔에 묵으며 전개되
는 이야기다. 두 사람이 기묘한 사건에 휘말리며 펼쳐지는 서
스펜스가 있는 일종의 로맨스 드라마다.

증강현실AR: Augmented Reality이라는 소재로 가상의 콘텐츠가 마
치 실제로 존재하는 것처럼 화면상에 나타나는 기법이 돋보인

다. 가상현실 이야기가 다소 생소할 수 있지만 우리에게 다가올 미래에 대해 상상력을 발휘하게 해 준다. 다양한 장르가 복합적으로 중첩되어 그라나다의 이국적인 풍경과 잘 맞물려 흥미를 제공했었다. 개인적으로 '알함브라 궁전의 추억'이라는 드라마 제목이 낯설지만은 않은 것이 청소년 시절에 즐겨 듣던 아름다운 선율을 자랑하는 기타음악과 제목이 동일하기 때문이기도 하다. '알함브라 궁전의 추억Recuerdos de la Alhambra'이라는 음악은 스페인 출신인 기타리스트 겸 작곡가인 프란시스코 타레가Francisco Tárrega가 알함브라 궁전을 구경한 후 깊은 감명을

받고 작곡한 클래식기타 명곡이다. 우수가 깃든 서정적인 멜로디와 유리쟁반에 옥구슬 구르듯이 반복되는 트레몰로Tremolo 주법이 아주 인상적이고 깊은 여운을 남긴다. 1896년에 타레가가 자신의 제자인 유부녀 콘차 부인에게 사랑을 고백했는데 거절당하자 깊은 실의에 빠지게 되었고 크게 낙담하여 홀로 스페인을 여행하게 되었다. 그러던 중 알함브라 궁전을 찾게 되었는데 헤네랄리페 정원분수에서 떨어지는 물소리에 영감을 받아 만든 일종의 연가戀歌라고 할 수 있다. 사실, 수년 전 그라나다 알함브라 궁전을 방문한 적이 있다. 이 드라마 덕분에 오랜만에 알함브라 궁전의 추억을 소환하게 되었다.

알함브라 궁전은 스페인 그라나다에 있는 옛 성城으로 이슬람 양식과 르네상스 스타일이 융합된 정원과 건축물이 독특한 아름다움을 자랑한다. 지금 생각해 보면 궁전의 건물도 예사롭지 않았지만 건물과 건물 사이에 조성된 매력적인 정원은 어디에서도 맛볼 수 없는 색다른 느낌이었다. 마치 중세정원의 원형을 만난 것 같았고 여느 현대정원에 견주어도 전혀 손색이 없는 완성도를 느낄 수 있었다. 걸음을 옮길 때마다 설레고 또 다른 흥미로움을 기대할 정도로 장면 하나하나가 신비스럽기 그지없었다. 뿐만 아니라 궁전에서 조망되는 그라나다 시가지의 풍경은 사람이 사는 동네라기보다는 영화나 만화

에서나 만나볼 수 있는 이색적인 풍경이었다. 그라나다가 한 눈에 내려다보이는 언덕 위에 위치한 알함브라 성은 기독교와 이슬람 양식이 절묘하게 융합되었고 르네상스 스타일의 예술성이 가미된 궁전으로 세계에서 가장 아름다운 건축물 중 하나로 꼽힌다. 이미 9세기에 알함브라 언덕에 작은 성이 건축되었는데, 이베리아 반도의 최후 이슬람 왕조인 나스르 왕조 Nasrid dynasty, 1232-1492가 1238년 그라나다에 자리를 잡은 뒤 성 안에 궁전을 건설하기 시작해 1333년 7대 왕인 유수프1세(1333-54 재위) 시대에 화려한 궁전을 완성하였다.

'알함브라'라는 이름은 아랍어로 '알 함라Al Hamra'인데 실제 발음은 '알람브라'다. 알함브라는 '붉은색'이라는 뜻을 지니고 있는데 벽돌색깔이 붉은 것에서 유래되었다고 한다. 알함브라 궁전은 그라나다의 무어 왕조가 예배를 위해 세웠는데 사원 기능의 모스크, 왕족의 거주공간인 궁전, 방어 목적의 성 등으로 이루어진 복합 건물군이다. 원래 웅장한 아랍문화의 흔적들로 이루어져 있었는데 수많은 왕들이 이곳을 거치고 또 1492년 기독교 세력이 재정복하면서 정복자들이 궁전을 개조하였다. 붉은색 벽돌 위에 흰색 도료를 채색한 것도 이 과정에서 이뤄졌다고 한다. 메수아르 궁이 기독교 예배당으로 바뀐 것처럼 몇몇 건물은 기능이 바뀌었고, 어떤 것들은 신성 로마

제국 황제 카를로스5세[Carlos V, 1516-56]가 새로운 궁전을 짓기 위해 건축물 일부를 헐어버린 것도 있다. 수세기 동안 개조와 변화를 거듭한 알함브라 궁전은 이슬람 양식과 르네상스 양식 등 다양한 스타일이 공존하고 있는 셈이다.

알함브라 궁전은 미국 최초의 단편소설 작가 워싱턴 어빙 Washington Irving, 1783-1859이 《알함브라Tales of The Alhambra》라는 소설을 통해 세상에 알리기 전까지는 완전히 방치된 상태였다. 당시 전쟁과 집시들의 무단거주 등으로 인해 상당부분 파괴되었다고 한다. 그런 점에서 알함브라 궁전의 낭만적 이미지를 만드는 데 있어서 어빙이 기여한 공로는 실로 크다고 할 수 있다. 1831년 궁전 책임자의 허락을 얻어 3개월간 알함브라 궁전에 머물렀던 그는 여왕의 규방에 머물게 되었는데 '사자의 정원'에서 식사를 하며 특별한 사치를 만끽한 것으로 전해진다. 소년시절부터 여행을 좋아하고 많은 것들을 보고 듣고 글로 옮긴 그는 끊임없는 호기심으로 신기한 이야기들을 수집했다. 그에 대한 세간의 평은 '낭만을 재발견한 작가'로 평가하고 있다. 그의 낭만적인 감성과 알함브라 궁전의 만남이 환상적인 결과를 가져오게 한 것이다. 한동안 폐허로 방치되어 집시들의 소굴이었던 궁전은 어빙의 알함브라 이야기를 통하여 대중적 관심의 대상이 되었고 이후 발굴과 복원으로 빛을 보게

된 것이다. 스페인 전역에서 아랍의 유적들이 소리 소문 없이 파괴되고 있는 와중에 쓴 책 《알함브라》는 많은 사람들에게 알함브라 궁전에 대한 환상을 심어 주었다. 그 덕분에 알함브라 궁전은 더 이상 파괴되지 않고 보존되어 최고의 명소로 부활하게 되었다.

그라나다의 하얀 건물들 사이사이로 보이는 알함브라 궁전, 저 높은 곳을 향하여 여러 갈래로 흩어진 골목길을 통해 터벅터벅 걸어가다 보면 결국 하나의 지점에서 만나게 된다.

알함브라 궁전을 마주하고 있는 또 하나의 언덕, 알바이신으로 이어지던 좁다란 골목길도 호기심을 부추기기에 부족함이 없다. 한참을 걷다 보면 아기자기한 골목길 풍경에 잠시 마음을 빼앗겨 가고자 했던 길이 어디였는지 잊어버리기도 한다. 그라나다와 알함브라 궁전에는 숱한 역사적 반전이 있었고, 종교, 문화, 국가 등과 상관없이 적지 않은 예술가들에게 영감을 주었으며, 여전히 많은 방문객들에게 소중한 추억을 선물하고 있다.

그라나다는
하나의 거대한 정원이다

　그라나다 중심부 비탈진 구릉지에 세워진 알함브라 궁전은 그라나다의 꽃이라고 할 수 있다. 그라나다 시가지는 마치 그 꽃을 떠받치고 있는 꽃받침처럼 알함브라 궁전과 일체감을 형성하고 있다. 그라나다 시가지에서 궁전을 보는 것과 궁전에서 그라나다 시가지를 내려다보는 것이 별개로 느껴지지 않고 하나의 정원을 감상하는 느낌이다. 알함브라 궁전은 건축물만 보아도 혼을 쏙 빼놓게 되는데, 이들과 조화롭게 어우러진 정원이 더해지면서 좀처럼 그 매력에서 빠져나오기 쉽지 않다. 대표적인 정원으로는 헤네랄리페Generalife 정원, 아세키아Acequia 정원, 마추카Machuca 정원, 파르탈Partal 정원, 사자Leones의 정원, 아라야네스Arrayanes 정원 등이 있다.

　아라야네스 정원은 분수가 있는 전형적인 아랍 스타일 정원이다. 실내정원을 중심으로 천국에서의 휴식을 표현한 공간구성, 아라베스크 무늬의 벽면장식과 마치 보석을 박은 듯한 화려한 조각품은 아름다움의 극치를 보여준다. 사자의 정원으로 발길을 옮기면 열두 개의 사자상이 떠받치는 분수가 중앙을 장식하고 있다. 둥그렇게 등을 맞대고 있는 사자의 입

에서는 연신 물줄기가 품어져 나오고 흘러내린 물줄기는 정원 구석구석까지 공급된다. 요새로 둘러싸인 궁전에서 생활하려면, 무엇보다 물을 확보하는 것이 가장 중요했을 것이다. 그리고 물의 존재가치를 제대로 활용할 수 있는 방법으로 정원만한 테마가 없다. 스페인 그라나다 무어인들에게 정원은 취미나 장식, 그 이상의 의미를 지니고 있다. 무더운 날씨의 이슬람권 영향을 받은 알함브라 궁전의 정원을 마치 거실처럼 사용하였다. 그래서 일명 중정中庭이라는 파티오Patio 양식이 탄생한 것이다. 이곳에서 안전한 생활은 물론, 뜨거운 열기를 피할 수 있는 휴식장소, 제한된 궁전에서 무료함을 달래는 여가기능, 그리고 일찍이 낙원을 꿈꾸던 무어인들의 종교적 상징성 등 복합적인 용도로서 정원이 필요했던 것이다. 이곳에는 신앙, 권력, 전쟁 등의 흔적과 더불어 낭만적인 스토리도 짙게 묻어 있다. 그저 모든 선입견을 버리고 느낌대로 자연스럽게 정원을 감상한다면 아름답고 낭만적인 추억을 만들 수 있을 것이다. 알함브라 궁전에서 경험했던 이런저런 추억들은 쉽게 잊히지 않는다.

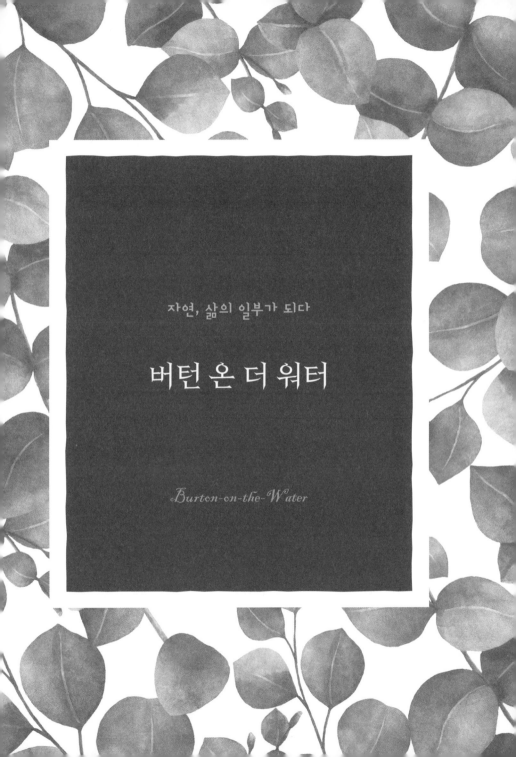

자연, 삶의 일부가 되다

버턴 온 더 워터

Burton-on-the-Water

시간이 멈춘 마을,
버턴 온 더 워터

영국은 이탈리아, 프랑스 등과 더불어 연중 관광객으로 넘쳐나는 나라다. 역사적인 유적지가 많이 남아 있고 잘 가꾸어진 도시나 마을이 자연풍경과 조화를 이루며 눈을 즐겁게 해주기 때문이다. 영국의 가장 큰 매력 가운데 하나는 전통과 현대를 절묘하게 융합하여 시너지 효과를 발휘하고 있다는 점이다. 중세시대의 많은 건축물들을 비롯하여 전통미를 간직한 조형물들이 현대적인 구조물들과 조화를 이루고 있다. 예를 들면 오래된 건축물의 외관은 거의 원형 그대로 보존하되 그 내부로 들어가면 세련된 현대적인 디자인이 어색함 하나없이 조화를 이루고 있다. 그리고 도시건 마을이건 시간의 흐름을 확실히 느끼게 해 주는 것이 있는데 바로 수백 년 나이를 자랑하는 노거수老巨樹들이다. 어느 곳을 가든 어김없이 거목들이 자리 잡고 있어 전체적인 풍경의 중심역할을 하고 있다. 그렇다고 단순히 자연과 전통을 중시하는 것만으로 감동을 주기는 어렵다.

영국은 과학, 문화, 예술, 생태계 등 각종 분야에서 미래 모델을 제시하면서 융복합적인 활용을 위한 방향성을 제시하는 등 창의적인 면에서도 선도적인 역할을 하고 있다. 그래서 그런지 많은 사람들이 새로운 정보를 얻고 치유와 감성적 시간을 향유하기 위해 영국을 찾곤 한다. 영국의 매력 가운데 으뜸은 교외에 있는 전원풍경의 아름다움이다. 영국은 컴브리아 주에 있는 유명한 풍치지역이자 국립공원 북동부에 위치한 레이크 지구를 제외하고는 높은 지대가 거의 없다. 대신에 구릉지 경관이 아름다운 전원지역들이 많아 여기에 그림 같은 가옥들이 지어져 예쁜 마을을 형성하고 있다. 산업화의 영향으로 많은 지역이 도시로 변하면서 자연을 훼손하는 시행착오를 겪기도 했지만 자연을 좋아하는 영국인들은 다시 자연회복에 많은 노력을 기울여 왔다. 모든 개발에 있어서 정원도시 개념을 도입하였으며, 전원풍경의 가치를 잘 인식하고 지속적으로 가꾸어 온 덕분에 지금은 '정원의 나라'로 일컬어지고

있다. 영국에서는 주택을 지을 때 집보다 정원을 더 중요하게 여길 정도로 영국인들에게 정원은 삶의 핵심요소가 되고 있다. 영국은 실제 문화와 예술 발전에 많은 투자를 하지만 그에 못지않게 생태계를 중요하게 여기고 많은 프로젝트를 추진하고 있다. 따라서 역사와 전통을 자랑하는 다양한 박물관과 미술관에서는 감상뿐 아니라 체험을 위한 교육이 동시에 진행되고 있다. 또 성과 궁전 및 기념관, 마을 등은 아름다운 자연과 정원이 함께 꾸며져 많은 사람들에게 큰 영감을 준다. 과거와 현재를 공존하게 함으로써 살아 있는 역사체험공간이 되도록 하며 자연스럽게 지속가능한 미래의 삶에 대한 방향을 제시해 주고 있다.

영국의 마을들을 보면서 초고령사회로 진입한 우리 농촌의 현실을 떠올려 보았다. 아기 울음소리 듣기가 쉽지 않고 가르칠 아이들이 없어 학교는 문을 닫게 되며 마을에는 빈집이 갈수록 늘어나 슬럼화하고 있는 실정이다. 그동안 우리의 해법은 참 단순했다. 인구가 감소하니 인구를 늘리자는 것이고 빈집이 늘어나니 이것을 채우기 위해 인구유입정책을 펴는 정도였다. 그러나 그것은 단기적인 성과를 내기도 힘들 뿐 아니라 현실적인 대안이 되지 못하고 있다. 이 같은 어려움을 어떻게 해결해 나갈 것인가? 영국의 마을들을 통해 그 해결의 작은 실마리라도 찾을 수 있다면 좋겠다.

'영국에서 가장 영국다운 전원풍경을 보고 싶다면 코츠월드 Cotswold로 가라'는 말이 있다. 그만큼 자연환경과 생활문화 등 영국적인 풍경과 전통을 잘 보전하고 있다는 의미다. 그 가운데 가장 주목받고 있는 곳이 바로 '버틴 온 더 워터'다. 이곳은 영국에서 가장 아름다운 마을, 그리고 현지인들이 은퇴하여 가장 살고 싶은 마을 1위로 선정된 바 있을 정도로 영국인들의 관심이 뜨겁다. 뿐만 아니라 관광객들로부터 가장 영국다운 풍경을 지닌 마을로 호평을 받고 있다. 실제로 이 작은 마을에 연일 사람들로 북적이고 생기 넘치는 모습이 우리의 농촌풍경과는 사뭇 다르다.

이곳은 '작은 베니스'라 불릴 정도로 마을 중심부를 흐르는 윈드러시라는 작은 개울이 정겹고 아름답다. 개울 옆으로는 휴식하기 좋은 잔디밭이 펼쳐지고 가지가 길게 늘어진 수양버들이 수변풍경과 어우러져 일품이다. 개울을 따라 빈티지 소품가게, 레스토랑, 카페 등이 자리하고 있어 여유롭고 목가적인 분위기를 연출한다. 기념품이나 소품 등 수공예품들은 마을 주민들이나 예술가들이 직접 만든 것으로 향토적 체취가 물씬 풍긴다. 개울물은 맑고 수심이 깊지 않아 여름에는 아이들이 발을 담그고 물장구치면서 마치 천연풀장처럼 이용하는

곳이다. 나이 지긋한 어른들은 벤치나 간이의자에 몸을 맡긴 채 따스한 햇살을 받으며 한가로이 풍광을 즐긴다. 이곳에는 마을을 살리기 위해 새로운 것으로 애써 채우려는 강박관념은 전혀 느낄 수 없다. 오히려 빠른 속도를 자랑하는 도시로부터 받은 스트레스를 저절로 잊게 해 주는 곳이다. 따지고 보면 엄청난 정책이나 아이디어가 마을을 구하는 것이 아니라 그저 전통과 자연, 그리고 사람들의 감성을 섬세하게 배려하며 이들을 어떻게 조화롭게 하며 지속가능하게 하느냐가 훨씬 중요한 것 같다. 자연과 전통을 지키려는 진정성이 느껴져서인지 그 고집스러움마저도 이곳에서는 아름답게 느껴진다. 그래서일까 이곳에 사는 사람들은 물론 이곳을 방문한 사람들마저도 시간을 잊은 듯 여유롭고 행복해 보인다.

영국다운 풍경을 지켜 가는
코츠월드

영국 중부지방을 일컫는 미들랜드에 '코츠월드'라고 부르는 곳이 있다. 전형적인 영국 풍경과 전통적인 건축양식을 간직하고 있어 영국인들이 즐겨 찾는 곳이다. 하지만 지금은 영국적인 맛과 멋을 체험하기 위해 오히려 외국 관광객들이 더 찾고 있다. 코츠월드는 단순히 어느 특정 지역이나 도시를 가리키는 것이 아니다. 코츠월드라는 이름 자체가 양¥우리를 뜻하는 '코트cot'와 넓은 들판 혹은 고원을 일컫는 '월드wold'라는 단어에서 유래한 합성어다. 말하자면 이 지역 구릉지 양떼목장의 목가적인 풍경이 주는 느낌이 반영된 일종의 애칭이라고 할 수 있다. 실제로 이 근처에 도착하면 넓은 초원에 양들이 자유롭게 풀을 뜯고 있는 여유로운 광경을 어렵지 않게 볼 수 있다.

《그레이트 북스 코츠월드Great Books Cotswold》라는 안내책자에는 코츠월드를 여덟 곳으로 나누어 소개하고 있다. 글로스터, 테트버리, 스트라우드, 사이렌스터, 첼튼햄, 스트래퍼드 어폰 에이본, 버턴 온 더 워터, 콜른 계곡 등이다. 코츠월드는 자연과 정원을 사랑하는 영국인들이 가꾸어 온 작은 마을들로 이루어진 곳으로 자연친화적인 녹색풍경과 중세의 고풍스러움이 고스란히 보존되어 있는 동화마을 같은 느낌을 준다. 참으로 여유로운 전원풍경이 펼쳐져 있고 그 사이사이에 역사를 머금은 마을들이 산재해 있어 영국 시골여행의 진수를 만끽할 수 있다. 1960년대 영국 정부가 자연이 아름다운 지역으로 선정할 정도로 잘 보존된 전원풍경 속에 크고 작은 마을 100여

개가 오밀조밀 들어서 있다. 유기농 선진국 영국에서 그린 시
크Green Chic(고급 자연주의)를 선도하는 지역이다. 아름다운 풍광
이 지천으로 널려 있는 영국 내에서도 '그림엽서 같은 마을'로
꼽히는 곳으로도 유명하다.

　영국은 한때 산업혁명으로 뒷전에 밀린 자연의 가치를 재발
견하고 그것이 주는 평온함, 여유, 고즈넉함, 느림 등의 눈에
보이지 않지만 삶의 질에 영향을 미치는 소소한 가치들을 잘
지켜 가면서 지속가능한 활용을 실천하고 있다.

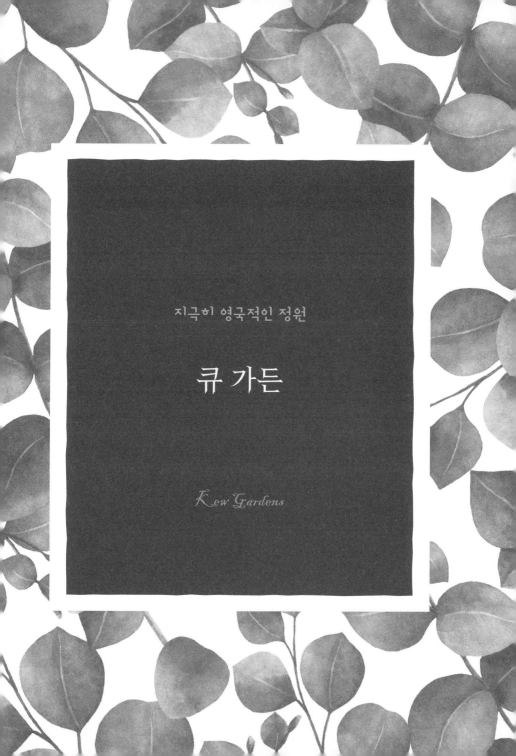

지극히 영국적인 정원

큐 가든

Kew Gardens

세계에서 가장 사랑받는 식물원,
큐 가든

　큐 가든의 정식 명칭은 큐 왕립식물원Kew Royal Botanic Gardens이
다. 이 정원은 런던의 남서쪽인 리치먼드에 위치해 있는데 풍
광이 수려하여 왕의 여름 별장지로도 유명하다. 런던에서 30
분 정도면 도착할 수 있는 곳으로 런던 근교 여행지로는 최고
의 명소다. 아름답고 평화로운 녹색풍경이 끊임없이 펼쳐져
있어 가장 영국적인 풍경 가운데 하나로 평가받고 있다. 세계
에서 가장 큰 식물원이 있는 큐 가든과 더불어 넓은 리치먼드
파크가 아름다운 풍경의 명성을 이어가고 있다.
　이곳은 원래 로드 케이플 경이 큐 가든 안에 외국 테마 정원
을 조성하면서부터 큐 가든으로 부르게 되었다. 오거스타 공

주Princess Augusta of Saxe-Gotha가 그녀의 사유지 3만 5000㎡를 식물원으로 지정하면서부터 시작되었는데, 1750년대와 1760년대에 걸쳐 정원을 대폭 확장했고, 정원 내에 성당을 건립한 1759년을 공식 설립년도로 정했다고 한다. 1772년 조지3세가 자신의 어머니인 오거스타 공주가 서거한 후 큐 가든과 리치먼드 가든을 통합하려 했는데, 1802년 두 정원 사이의 담장이 철거되면서 실질적인 통합이 이루어졌다고 한다. 당시 기업가이자

자연사에 관심이 많았던 조셉 뱅크Joseph Bank가 참여하면서 식물원을 체계적으로 발전시키는 계기가 되었다. 그는 자신이 직접 해외를 탐험하며 수집한 식물을 표본으로 전시하는가 하면 식물원의 교육적·경제적 활용방안에 대해서도 적극적이었다고 한다. 큐 가든은 1840년 일반인들에게 공개되었는데 세계 3대식물원으로 꼽힐 정도로 정평이 있었다. 지금은 영국을 대표하는 세계 최고정원의 반열에 오르게 되었다. 큐 가든은 그 가치를 인정받아 2003년 유네스코에서 세계문화유산으로 지정하면서 많은 관광객들로부터 더욱 사랑받고 있다.[4]

정원을 감상하기에는 봄이 가장 좋은 계절이기는 하지만 실제로는 사계절 중 여름에 사람들이 가장 많이 찾고 있으며 광활한 잔디밭과 함께 요소요소에 아름다운 정원과 온실, 그리고 전시관 등이 배치되어 있어서 실내외를 막론하고 넓은 쉼터와 풍부한 볼거리를 제공하고 있다. 특히 큐 가든에서 가장 유명한 팜 하우스Palm House는 세계 각지에서 수집한 열대식물의 보고라고 할 수 있는데 그에 걸맞게 규모도 세계에서 가장 큰 온실로 유명하다. 1844년에 빅토리아 유리건축양식으로 110m 길이의 유리와 철골로 지어졌다. 내부에는 열대우림의 야자수들이 모여 있는데 실제 열대우림과 비슷한 기온을 유지하고 있어 온도와 습도가 상당히 높다. 열대야자수 중에는 멸종

위기 종의 1/4이 이곳에서 관리되고 있다. 또 지하에 있는 해양관에서는 해양식물과 산호, 물고기들까지도 만날 수 있다. 다음으로 템퍼러트 하우스Temperate House 역시 빅토리아 유리건축양식으로 만들어졌는데 전 세계의 온대성 식물들의 집합소라고 할 수 있으며 유일하게 이곳에서만 볼 수 있는 희귀식물들이 즐비하다. 또, 다이애나 황태자비 이름이 붙여진 온실The Princess of Wales Conservatory에는 컴퓨터로 제어하는 다양한 기후대에서 자이언트 아마존 수련, 알로에 베라 등 다양한 식물들이 자라고 있다. 이처럼 큐 가든의 특색 있는 온실을 차례대로 구경하고 나면 전 세계의 온실문화를 한꺼번에 체험한 셈이 된다. 큐 가든의 온실들은 그동안 멸종위기 식물을 보존하고 연구하여 보급하는 데 기여해 왔으며 지금은 대중에게 개방되어 교육과 힐링의 장소로 유감없이 활용되고 있다.

아울러 큐 가든에서 꼭 들러야 할 곳이 있는데 바로 오린저리Orangery 전시관이다. 이곳에는 큐 가든의 역사를 한눈에 관람할 수 있는 정보들로 가득 채워져 있어 큐 가든의 메인 전시관이라고 할 수 있다. 그밖에도 윌리엄 챔버스William Chambers가 중국의 탑을 모방해 세운 10층의 파고다 등도 유명하다. 서양식 풍경에 우뚝 서 있는 동양식 탑은 다소 생뚱맞을 수 있지만 동양인에게는 낯익은 덕분인지 정감이 느껴진다. 오히려 정원에

서 다소 이색적인 경관으로 느껴지는 것은 붉은 벽돌의 큐 궁전이다. 식물원 안에서 가장 오래된 이 건물은 조지3세가 즐겨 찾던 여름별장이었다. 넓은 정원을 거닐다 보면 곳곳에서 레스토랑과 카페도 만날 수 있다. 그 가운데 가장 큰 규모의 오린저리 레스토랑은 원래 오렌지를 재배하던 온실이었으나 현재는 방문객의 편의를 위해 파스타, 샐러드, 샌드위치 등을 판매하고 있다. 식물원 내의 가든숍에서는 정원용품은 물론이고 정원 관련 서적, 기념품, 향수, 사진, 그림 등을 구입할 수 있다. 광활한 정원 전체를 조망하고 싶다면 18m 높이의 전망대 및 스카이워크 기능을 하는 엑스트라타 트리톱 워크웨이 Xstrata Treetop Walkway를 이용해 보는 것도 좋을 것 같다.

영국에는 큐 가든에 버금가는 식물원, 수목원 기능의 정원이 수백 개에 이른다. 당시 왕실과 귀족들은 식물연구에 지대한 관심을 보였는데 바로 식물이 가진 생태적 가치는 물론이고 경제적·산업적 가치에 주목했던 것이다. 한때 산업혁명을 선도하면서 많은 자연환경을 훼손하기도 했지만, 산업화 과정을 통해 자연의 소중함을 체감하는 계기가 되었다. 영국은 그 이후 깊은 성찰을 통해 자연보존의 실천을 위한 다양한 방안을 강구하게 되었고 그 일환으로 도시의 정원화Garden City 필요성을 주창하게 되었다. 그 덕분에 영국은 지금 세계에서 가장 자연을 사랑하는 나라로 인식되고 있고, 자타가 공인하는 정원의 나라로 일컬어지고 있다.

정원은 역사와 문화의 거울이다

정원을 감상하다 보면 정원을 가꾼 사람이나 문화, 공간마다 새겨진 역사의 흔적까지 참 다양한 것들을 느끼고 배우게 된다. 영국과 이탈리아 등의 전원풍경을 시로 즐겨 노래했던 계관시인 알프레드 오스틴Alfred Austin, 1835-1913은 이런 말을 했다.

너의 정원을 보여줘. 그럼 네가 어떤 사람인지 말해 줄게.
Show me your garden and I shall tell you what you are.

이 말은 서양에서 마치 격언처럼 통용되고 있는데 정원이 그들의 생활에서 어떤 위치에 있는지 단적으로 말해 준다. 세상에는 수많은 유형의 정원이 있고, 그 정원을 가꾸는 사람 수만큼이나 정원을 가꾸는 목적도 천차만별이다. 신분과시를 목적으로 하는 사람, 예술적 영감을 받기 위한 사람, 명상과 휴식을 위한 사람, 그리고 그저 식물이 좋아서 정원을 가꾸는 사

람 등 참으로 다양하다.

이처럼 저마다의 정원에는 그 정원을 가꾼 사람의 성향이나 기호는 물론이고 그가 살고 있는 고장이나 나라의 문화 등이 고스란히 녹아 있게 마련이다. 그래서 정원을 가리켜 역사의 거울이라고 말하는 사람도 있다. 영국은 일찍이 산업혁명을 주도한 나라답게 유례없는 풍요를 누리기도 했지만 동시에 골치 아픈 환경과 도시문제 등으로 큰 진통을 겪은 나라다. 그런 학습효과 덕분인지 지금은 어느 나라보다도 자연을 아끼고 정원을 사랑한다. 그래서인지 그들은 정원을 가꿀 때도 그 지향점이 늘 자연이다. 잘 알려진 바와 같이 영국의 대표적인 정원이 '자연풍경식 정원Natural landscape garden'이라는 점도 그와 무관치 않다. 그런 관점에서 큐 가든은 영국 정원이 지향하는 바를 잘 담아낸 영국을 대표하는 정원이라고 할 수 있다.

정원, 유토피아를 꿈꾸다

스토우 가든

Stowe Garden

자연스러움의 가치를 존중한 정원,
스토우 가든

　스토우 가든은 영국 남동부 버킹엄셔 주에 위치해 있다. 이
곳은 약 1㎢의 정원Garden과 약 3㎢의 공원Park으로 총 4㎢에 달
하는 광활한 면적으로 이루어져 있는데, 이는 웬만한 축구장
약 560개에 달하는 규모에 해당한다. 여기에는 잔디밭과 호
수, 울창한 숲 등이 조성되어 있어 사실 정원이라기보다는 거
대한 삼림공원이라고 해도 과언이 아니다. 스토우 가든은 영
국을 대표하는 자연풍경식 정원으로서 여타 정원과는 사뭇 다
른 느낌이다. 이 정원은 그동안 영국의 많은 유명 작가들과 철
학자, 예술가들에게 영향을 받기도 하고 또 영감을 준 곳으로
도 유명하다. 스토우 가든의 시작은 1690년으로 거슬러 올라

간다. 처음에는 이탈리아 정원의 영향을 받아 바로크 스타일
로 조성되었지만 이후 당대 영국 최고의 정원설계가들과 예술
가들이 참여하면서 전형적인 영국 풍경식 정원의 모습을 갖
추게 되었다.

　스토우 가든은 18세기 영국 자연풍경식 정원 중 하나로 당
시 조경가로 유명했던 찰스 브릿지맨Charles Bridgeman, 1690-1738이
1711년에 재설계하였고, 1731년에 윌리엄 켄트William Kent, 1685-
1748가 수정하였으며, 이후 1751년에 랜슬럿 브라운Lancelot Brown,
1716-83이 정원개조에 참여한 것으로도 유명하다. 특히 브라운
은 정원의 재생 전문가로서 명성이 자자했는데, 항상 모든 장
소를 볼 때마다 입버릇처럼 이곳은 "가능성이 크다It had great ca-
pability"라고 희망을 불어넣으며 자신감을 드러냈다고 한다. 사
람들은 그런 그에게 '가능성의 브라운Capability Brown'이라는 별명
을 붙여 주었다. 브릿지맨, 켄트, 브라운 등이 참여하여 설계
한 정원들은 당시 사회로부터 많은 호응을 얻었는데 이는 당
시 사회의 정서와도 잘 맞아 떨어졌기 때문이다. 그들이 선호
한 설계개념은 다름 아닌 '자연스러움'이었다. 요컨대 과도한
인위적 형태를 취하지 않고 지형을 살리며 다양한 형태의 숲
을 조성하였다. 또 잔디와 물을 즐겨 사용했고, 잔디밭에는 말
과 양떼들이 뛰어놀게 하고 물 위에는 물새들이 한가로이 물

놀이를 즐기는 모습을 볼 수 있다. 자연을 존중하면서도 실제 보고 만지고 체험하며 소통할 수 있도록 배려하고 있다. 또 그들은 구불구불한 오솔길을 즐겨 사용하였는데 자연스런 풍경의 변화를 느낄 수 있도록 설계하였다. 그래서 정원을 한 바퀴 산책하고 나면 수많은 아름다운 풍경화를 감상한 것 같은 느낌을 받는다. 특별히 뚜렷한 대칭이나 대조기법을 사용하지 않고도 단순미와 조화를 중시하며 자연스러운 아름다움을 연출한 것이다. 스토우 정원은 그들의 철학과 정원에 대한 가치관이 고스란히 녹아들어가 있는데, 당시 유럽 최고의 왕실 정원들과도 당당히 어깨를 나란히 할 정도로 영국의 자존심과 같은 존재였다.

이 정원은 350여 년 동안 템플 가문이 소유했으며 이 가문이 전성기일 때는 왕족들보다 더 부유했을 정도였다고 한다. 이렇게 막대한 부를 기반으로 당대 최고의 조경가와 예술가들이 참여하면서 천문학적인 돈을 쏟아부은 것으로 전해지는데 당시 템플 가문의 위상이 어떠했는지 짐작케 한다. 1847년부터 가문의 재정적인 부도와 계속되는 스캔들로 인해 스토우 정원은 서서히 퇴락의 길을 걷게 되었다. 끊이지 않았던 우여곡절 끝에 결국 1990년부터 영국 내셔널 트러스트National Trust에서 이 정원을 인수받아 현재까지 지속적인 복원작업을 진행하며 체계적으로 관리하고 있다. 이 정원에는 정원사 10여 명과 일반직원이 30여 명 정도 있으며 자원봉사자 200여 명이 함께 참여하고 있다. 여기에 정원 관련 용품을 취급하는 정원용품 점과 정원서적을 판매하는 서점, 레스토랑, 카페 등이 있으며 정원교육을 위한 정원학교를 운영하고 있다.

영국에는 이렇게 일반인에게 공개되는 정원만 해도 700여 개가 넘는다. 그야말로 정원이 영국 사회에서 차지하는 위상 이 어느 정도인지를 잘 말해 주고 있다. 영국에서 정원은 시 민들의 일상생활 속에 친숙하게 들어와 있다고 할 수 있는데, 인근 주민들에게는 산책과 여가공간으로서 역할을 하고, 어 린 학생에서 노인들에 이르기까지 평생학습장이 되기도 하며, 나아가 영국을 대표하는 관광자원으로서도 크게 기여하고 있 음을 알 수 있다.

영국 자연풍경식 정원,
자연미의 진수를 말하다

서양에서 정원의 기원은 성서에 등장하는 에덴동산에까지 거슬러 올라간다는 것은 주지의 사실이다. 말하자면 에덴은

신성神聖영역으로서 보호를 받았던 '특별한 낙원'이었던 셈이
다. 성서에 의하면 에덴은 사람이 창조되어 맞이한 첫 보금자
리로서 정신적으로나 육체적으로 전혀 부족함이 없었던 곳이
다. 물과 온갖 식물이 있어 먹을거리 걱정이 없었고, 적절한
온도 덕분에 의류도 필요 없었으며, 사람이 살기에는 그야말
로 안성맞춤의 장소였다. 그럼에도 불구하고 아담과 하와는
선악과를 먹으면 하나님처럼 될 수 있다는 뱀의 달콤한 유혹
을 이기지 못하고 선악과를 따먹게 되고, 결국 그들은 낙원으

로부터 추방당하는 결과를 초래하였다. 이후 낙원은 사람들에게 줄곧 다시 찾고 싶은 동경의 대상으로 그려졌다.

유토피아, 파라다이스 사상도 결국 에덴에 대한 사람들의 내재된 갈망을 표현하는 것이라고 할 수 있다. 영국의 대문호 존 밀턴의 대 서사시인 《실낙원》, 《복낙원》은 이 같은 내용을 상세하게 묘사하고 있다. 한자문화권의 동양에서도 정원은 그 의미가 서양과 크게 다르지 않다. 한자의 '庭園정원'이 '울타리로 에워싼 뜰'을 의미한다. 서양의 파라다이스에 해당되는 '樂園낙원' 역시 '즐거움으로 가득 찬 뜰'을 말한다. 사실 정원은 우리가 태어나는 순간부터 죽을 때까지 떼려야 뗄 수 없는 숙명적 관계임을 알 수 있다. 우리의 첫 보금자리이자 가장 기초적인 공동체인 가정家庭도 기본적으로 집家과 뜰庭로 구성된다. 우리 도시들이 아파트와 건물에 집착한 나머지 갈수록 회색 빌딩숲으로 변해가고 있고 그 삭막함으로 인해 공동체는 와해되고 사람들은 점점 더 우울증에 시달리고 있다. 우리 삶터에 건물과 정원의 균형 있는 계획이 얼마나 중요한지를 잘 말해 주고 있다. 동서고금을 막론하고 정원문화는 이런 낙원사상에 뿌리를 두고 있고 이를 실현하는 주요 수단으로 활용되어 왔다. 《정원의 역사Garden History》를 저술한 톰 터너Tom Tunner는 정원의 기능에 대해 육체를 위한 공간, 정신을 위한 공간, 특별한 활동을 위한 공간 등 세 가지로 구분하여 제시한 바 있다. 건강하고 행복한 삶을 살기 위해서는 건물 안에서 보내는 시간과 자연(정원)에서 보내는 시간이 적절하게 안배되어야 하고, 나아가 육체와 정신의 균형 잡힌 삶이 중요하다고 말하고 있다.

영국의 자연풍경식 정원은 자연과 삶의 본질에 대해 생각하게 하는 계기가 되었다는 점에서 큰 의의를 찾을 수 있다. 영국 자연풍경식 정원이 태동하는 데 크게 영향을 미친 사람이 있다. 신고전주의를 대표하는 시인 알렉산더 포프Alexander Pope, 1688-1744가 새로운 정원론庭園論을 제시하고 런던 교외 트위크넘 자택에 정원을 조성하여 자신의 이론을 실천했다. 여기서 그는 담장 대신 산울타리를 치고 전체적으로 직선을 배제하며 기존에 불규칙적으로 식재된 수목들을 이용하여 축산築山, Mounding기법을 도입하는 등 새로운 영국식 정원을 선보였다. 포프는 1713년 자신의 정원론에 대해 피력했는데, 여기서 그는 "자연은 예술적 기교보다 사람을 감동시키는 것이 중요하다"고 지적하고, "지금까지 영국 정원은 일부러 자연을 배제하는 기교가 너무 지나쳤다"고 비판했다. 또 그는 같은 해〈윈저의 숲Windsor Forest〉이라는 시를 발표했다.

여기에 언덕과 골짜기, 숲과 들판이 있고,
여기에 대지와 물이 다시 경합하는 것처럼 보이네.
혼돈의 세계처럼 서로 파괴하는 것이 아니라
창조된 세계처럼 조화롭게 융합되네.
거기서 우리는 다양성 속의 질서를 보며
거기서는 모든 것이 다르지만, 모두 하나가 되네.
Here hills and vales, the woodland and the plain
Here earth and water seem do strive again.

Not chaos—like together crush'd and bruised
But, as the world harmoniously confused.
Where order in variety we see
And where, though all things differ, all agree.

영국 정원론에 관해 주목할 만한 사람이 또 한 명 있다. 바로 윌리엄 켄트William Kent, 1685-1784다. 이탈리아에서 수학하기도 했던 그는 로마와 피렌체 등에서 접한 풍경화에서 깊은 감명을 받았는데, 이탈리아 출신인 살바토르 로사Salvator Rosa, 1615-73와 프랑스 출신이면서 이탈리아에서 활동했던 클로드 로랭, 니콜라 푸생Nicolas Poussin, 1594-1665 등의 작품을 특히 좋아했다. 그는 영국으로 돌아와 화가출신답게 회화적 정원을 추구했다. '회화적 정원picturesque garden'이란 '그림처럼 아름다운 정원', 혹은 '풍경화처럼 정원을 조성하다'라는 의미다. 켄트는 "자연은 직선을 싫어한다"는 명언을 남겼는데, 그에게 정원은 또 다른 자연이었다. 그의 디자인 가운데 유명한 '하하Ha-Ha기법'은 매우 자연친화적이다. 담장 대신 작은 도랑을 파서 경계기능을 부여함으로써 시각적 단절을 피하고 자연성을 살리려고 노력했다. 그는 또 구불구불한 오솔길을 좋아했고, 개울의 불규칙적인 흐름을 중시했으며, 경사지도 있는 그대로 활용하여 자연

자체가 지닌 곡선의 아름다움을 해치지 않는 것에 역점을 두었다. 켄트가 풍경화에서 배운 것이 또 하나 있는데 빛에 의한 명암 디자인이다. 우거진 숲의 터널효과를 정원 여기저기에 도입하여 터널 안과 밖의 명암효과를 이용하여 은유적인 아름다움을 연출하였다. 켄트는 시간과 계절이 만들어낸 변화무쌍한 자연의 아름다움에 주목한 것이다. 아무리 훌륭한 풍경화도 상상력을 키우는 데 한계가 있다. 하지만 풍경이 살아 있는 정원은 지루하지 않을 뿐 아니라 무궁한 상상력의 세계로 안내한다. 바로 이것이 영국 자연풍경식 정원의 진수라고 할 수 있다.

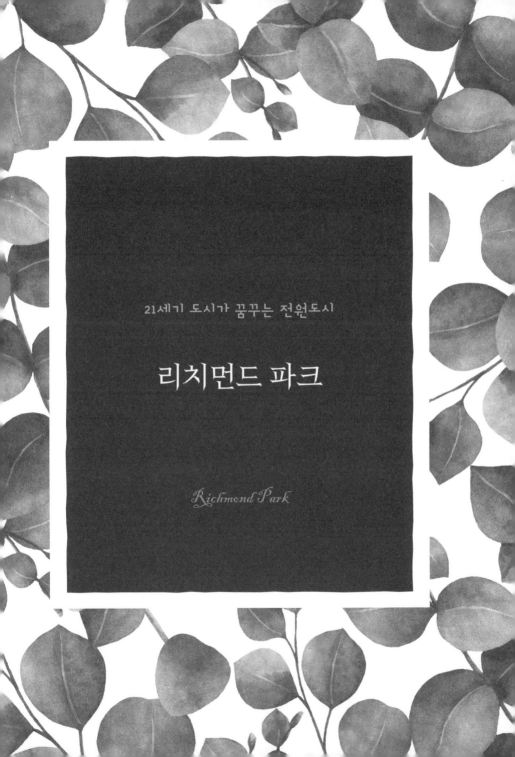

21세기 도시가 꿈꾸는 전원도시

리치먼드 파크

Richmond Park

영국의 자랑이자 정원도시의 상징,
리치먼드 파크

영국 사람들이 자신의 나라를 자랑스러워하는 것이 몇 가지 있는데, 그 가운데 축구 종주국이라는 점을 비롯하여 세계 3대 박물관 가운데 하나로 우리가 흔히 대영박물관이라고 부르는 영국박물관, 그리고 대중음악의 상징인 비틀즈와 세계적인 대문호 셰익스피어 등을 들 수 있다. 이들 못지않게 그들이 자부심을 느끼고 자랑스러워하는 것이 바로 정원과 공원이다.

정원은 개인이나 국가를 막론하고 규모나 양식이 다를 뿐 어떤 형태로든 존재해 왔다. 역사적으로 개인이나 특정집단이 소유한 정원을 대중에게 개방하면서 공공정원Public Garden이 되었고, 그것이 발전하여 오늘날의 공원Park문화가 탄생한 것

이다. 정원이나 공원의 개념을 도시계획에 도입하여 실제 반영하기 시작한 것은 영국이 최초라고 할 수 있다. 대부분의 영국 공원들은 개방되기 전에는 왕족이나 귀족들의 소유였는데 주로 사슴이나 말 등을 사육했던 수렵원狩獵園이나 별궁別宮 등을 갖춘 대규모 야생정원 형태로 존재했었다. 그러다 보니 목초지나 숲, 연못 등의 자연요소를 두루 갖추고 있었던 왕족정원은 영국의 대표적인 정원양식인 자연풍경식 정원의 모태가될 수 있었다. 아이러니하게도 이들 절대왕정시대에 상상을초월한 규모의 정원이 만들어진 덕분에 지금 영국이 일명 '정

원의 나라'로 발전할 수 있었다. 런던의 유명한 공원은 대체로 왕실공원으로, 주로 국가가 소유하고 있다. 이전에는 환경부가 유지·관리를 해 오다가 지금은 왕실정원위원회가 위탁관리를 하고 있다. 그 대표적인 공원으로 세인트 제임스 파크 St. James's Park, 그린 파크Green Park, 하이드 파크Hyde Park, 켄싱턴 가든Kensington Gardens, 리젠트 파크와 프림로즈 힐Regent's Park and Primrose Hill, 리치먼드 파크 등을 들 수 있다. 이 가운데 하이드 파크와 리치먼드 파크는 원래 사슴사냥을 위한 일종의 사냥터였다. 수렵활동에 흠뻑 빠져 있던 튜더 왕조Tudor dynasty, 1485-1603 사람들, 특히 헨리8세1491-1574가 아주 공을 들인 곳이다. 광활한 목초지에 방목하던 사슴을 사냥개를 이용하거나 말 위에서 활을 쏘아가며 사냥을 즐겼던 주된 여가활동 가운데 하나였다. 리치먼드 파크에 가면 여전히 사슴들이 목초지에서 한가로이 뛰놀고 있는 모습을 볼 수 있어 당시의 모습을 충분히 상상할 수 있다.

한편, 영국에서 본격적으로 정원이 도시계획의 주요 키워드로 등장한 것은 정원도시 운동의 창시자 에벤에저 하워드 Ebenezer Howard가 발간한 《내일의 전원도시Garden Cities of To-Morrow》5 라는 책자의 발간이 계기가 되었다. 참고로 원제목은 'Garden Cities庭園都市'지만 우리나라에서는 '전원도시田園都市'로 번역되어 발간되었다는 점에 주목할 필요가 있다. 유목문화에 기반을 둔 유럽과 달리 농경문화의 자연관을 갖고 있던 한국, 일본 등에서는 '전원도시'로 번역되었다. 그렇게 하는 것이 오히려 더 많은 이해와 공감을 얻을 것으로 생각했는지 모르겠다. 비록 단어는 다르지만 동일한 의미로 사용하고 있음을 감안할 필요가 있다.

하워드는 에드워드 기번 웨이크필드Edward Gibbon Wakefield의 《식민지 건설기술의 개관View of the Art of Colonization》(1849)에서 영감을 얻어 도시계획 활동을 전개해 나갔다. 그는 1880년대에 《내일: 진정한 개혁을 위한 평화로운 길Tomorrow: A Peaceful Path to Real Reform》을 집필하여 1898년에 출간하였고, 1902년 《내일의 전원도시》라는 제목으로 개정판을 발간하였다. 하워드는 이농현상으로 인해 농촌은 피폐해지고 도시인구는 갈수록 과밀화되어 가는 현상을 바로잡을 방법을 구상하기에 이르렀다. 그는 인구 3만 명 규모로 건설업자들이 함부로 개발할 수 없도록 하고 농경지대를 보존하며 자급자족할 수 있는 도시로 '전원도시'를 제안한 것이다. 하워드는 실리추구를 앞세우는 개발업자들에게 자신의 구상이 경제적으로나 사회적으로 바람직하다는 점을 들어 설득에 나섰다. 그래서 실제 하트퍼드셔주 안에 레치워스Letchworth(1903)와 웰윈Welwyn(1920)과 같은 전원

도시를 각각 건설했다.

　두 전원도시는 제2차 세계대전 이후 영국 정부에 의해 추진된 신도시 건설의 원형이 되었다. 뿐만 아니라 전 세계 많은 국가들의 도시계획에 엄청난 영향을 끼쳤다. 이처럼 전원도시는 신도시개발의 동기부여와 촉진제 역할을 했지만, 이후 대부분 부동산업자들의 경제적 논리를 극복하지 못하고 신도시를 추진하는 홍보수단으로 왜곡되고 말았다. 도시연구가이자 문명비평가로 유명한 스탠퍼드대 교수였던 루이스 멈퍼드Lewis Mumford, 1895-1990가 전원도시를 두고 언급했던 말은 참으로 인상적이다.

　20세기 초 인류는 위대한 두 가지 발명을 했다. 하나는 비행기이고 나머지 하나는 전원도시다. 전자는 인류에게 날개를 달아 주었고, 후자는 인류가 지상으로 내려왔을 때 머물 수 있는 양질의 주거공간을 약속했다.

　그는 하워드의 전원도시론을 높이 평가했는데 그의 명저 《역사 속의 도시The City in History》[6]의 결론 부분에서 이렇게 강조한다.

우리는 도시로 하여금 모성, 생명배양기능, 자발적 활동, 오랫동안 백안시白眼視되고 억압되었던 공생적 공동체를 부활시켜야 한다. 왜냐하면 도시는 사랑의 기관이어야 하고, 또한 도시가 지향하는 최선의 경제는 인간의 보호와 양육이기 때문이다.

이상적인 도시인 '전원도시'가 평범한 소시민들이 창의적이고 존엄한 삶을 누릴 수 있는 공간임을 재차 역설한 것이다. 이처럼 정원에 대한 가치는 도시화과정에서 그 중요성을 공감하면서도 이런저런 이유로 소홀히 취급되거나 왜곡되어 온 것이 사실이다. 정원의 나라 브랜드 이미지를 구축하고 있는 영국을 대표하는 상징적인 곳이 바로 리치먼드 파크다. 13세기 에드워드 왕이 만들었는데 이후 헨리7세가 리치먼드 파크로 명명한 것이다.

리치먼드 파크는 런던에 있는 왕립공원으로 면적이 약 10㎢에 이르는 영국에서 가장 넓은 도시공원이다. 뉴욕 맨해튼의 센트럴파크(3.41㎢)보다 무려 3배 가까이 더 큰 규모다. 이곳에는 여전히 여우, 오소리, 붉은 사슴 등 다양한 야생동물들이 살고 있다. 그리고 만면에 행복한 표정을 짓고 있는 수많은 영국의 가족 나들이객들을 만날 수 있다. 리치먼드 파크를 돌아

보고 나면 영국 사람들이 정원을 얼마나 사랑하고 자랑스러워
하는지 실감할 수 있다.

리치먼드 파크의 보석,
이사벨라 숲정원

이사벨라 숲정원The Isabella Plantation은 리치먼드 파크가 자랑하
는 최고의 숲정원이다. 1830년대 빅토리안 숲Victorian Woodland Plan-
tation에 16만㎡ 정도의 규모로 조성하여 1953년에 최초로 개방
하였다. 연못과 개울 주변의 다양한 색채의 진달래가 환상적
인 분위기를 연출하고 있는 매우 인상적인 곳이다. 4월 말에
서 5월 초 핑크색, 보라색, 오렌지색, 하얀색의 꽃들이 만발
할 때면 많은 사람들이 이곳을 찾는다. 17세기로 거슬러 올라
가면 숲과 강기슭 사이의 저습지나 초지 등으로 이용된 곳이
었으나 200년 넘게 변화를 느끼지 못할 만큼 서서히 정원으로
변모시켜 왔다. 특히 최근 2년 동안 230억 정도를 투입하면서
리치먼드 파크의 핵심공간으로 급부상하며 최고의 인기를 누
리고 있다. 여기에는 100여 종의 변종 진달래와 철쭉 40여 종,
그리고 교배종 철쭉 125종이 도입되었는데 그야말로 꽃들의

향연이 펼쳐진다. 첼시와 햄프턴 플라워쇼 등에서 세 차례 금
메달을 수상한 바 있는 톰 호블린Tom Hoblyn은 "이 정원이야말
로 영국 내에 있는 같은 유형의 정원 가운데 최고"라고 극찬
한 바 있다. 이어서 그는 진달래과 수종들을 특화하여 수집하
고, 그것을 개울과 습지 주변에 식재하여 리치먼드 파크와 자
연스러운 조화를 이루게 한 점을 높이 평가했다.

이곳은 1920년대에 식물 수집가인 어네스트 윌슨Ernest Wilson
이 서양 최초로 일본으로부터 구루메 진달래Kurume Azaelas를 들
여와 소개한 것으로도 유명하다. 이곳에는 향토종과 수입종의
식물이 함께 자라고 있고 열매 있는 교목이나 관목들이 새나
곤충에게 먹이를 제공하고 있다. 아울러 연못이나 개울의 체
계적인 유지·관리를 통해 야생동물들의 서식지 기능을 할 수
있도록 배려하고 있다. 또 연못이나 개울에 쌓이는 침니沈泥를
준설하거나 계절별로 아름다운 풍경을 위한 식재 관리, 심지
어 휠체어 사용에 지장이 없도록 동선 관리에도 신경을 쓰고
있다. 숲속에 그저 꽃과 나무를 심는 것에 그치는 것이 아니라
이용자와 생태계를 배려하며 지속적으로 관리하고 있다는 것
에 주목할 필요가 있다. 리치먼드 파크의 관리자인 조 스크리
브너는 "리치먼드 파크가 왕관이라면 이사벨라 숲정원은 왕
관에 박혀 있는 보석"이라고 말한 바 있다.

정원문화의 트렌드를 이끌다

첼시 플라워쇼

Chelsea Flower Show

정원의 나라가 자랑하는 세계 최고 정원박람회,
첼시 플라워쇼

영국 런던에서는 매년 5월이 되면 정원문화와 산업을 아우르는 세계적인 박람회 성격의 '첼시 플라워쇼'가 열린다. 런던 중심가에서 템스 강을 따라 서쪽으로 가다 보면 나오는 첼시 브리지 바로 근처에 박람회장이 있다. 인근에는 거대한 규모의 배터시 파크가 있고, 강 건너편에는 슬론 스퀘어Sloane Square 역이 있으며 그 역에서 10여분 거리에 로열병원Royal Hospital이 위치해 있는데, 플라워쇼 행사는 바로 그 앞마당에서 열린다. 첼시 플라워쇼는 1913년부터 현재까지(세계대전 기간 제외) 이곳에서 계속 개최되어 왔는데 영국 내에서는 물론 세계적으로 권위 있는 정원박람회라고 할 수 있다. 이 박람회는 영국 왕립원예협회RHS: Royal Horticulture Society에서 주관하고 있다. 꽃을 주제로 한 원예박람회로 시작되었지만 명실공히 세계 최고의 정원 박람회라고 할 수 있다.

첼시 플라워쇼의 기원은 1862년 영국에서도 부자들만 모여 산다는 켄싱턴에서 '그레이트 스프링 쇼Great Spring Show'로 시작되었다. 세계 정원설계의 트렌드를 이끌어가는 유서 깊은 행사로서, 박람회 형태를 띠고 있지만 정원과 꽃에서 파생되는 문화와 산업, 사회현상 등을 총망라한 전시회이자 품평회라고 할 수 있다. 이 행사는 영국 왕립원예협회가 주관하고 투자회사인 엠앤지M&G Investments 등이 스폰서로 후원하고 있다. 100년 이상의 오랜 역사와 규모로 인해 가든 디자인 올림픽으로 불리는데 관련 디자이너들에게는 꿈의 무대로 인식되고 있다.

첼시 플라워쇼는 세계 굴지의 가든 디자이너들이 참여하는 '쇼 가든Show Gardens'과 예술성과 기술적인 접근이 요구되는 '장인정원Artisan Gardens', 신선한 아이디어를 내세운 '성장의 여지Space to grow' 등으로 나눠 박람회 기간 동안 전시된다. 이 작품들은 엄격한 심사기준을 바탕으로 금메달, 은도금메달, 은메달, 동메달 등을 수여한다.

쇼 가든 부문은 트렌드를 반영한 아름답고 혁신적인 정원을 감상할 수 있고 출품된 정원에서 영감을 얻어 시민들의 정

원 디자인에 적용하도록 하는 취지를 담고 있다. 특히 정원설
계의 개념이나 모티브가 흥미로운데, 환경, 여성, 예술, 자연,
공동체 등 다양한 주제를 담아내고 있는 점도 특징이다.

성장의 여지 부문은 실험적이고 진취적인 정원 디자인과 흥
미로운 식물을 도입하고 있다. 우리가 살고 있는 도시공간에
그들의 디자인과 식물을 적용하는 정원의 활용 가치에 대한
메시지를 전달하고 있다.

장인정원 부문은 아주 작은 정원 전시작품이기는 하지만
박람회장의 보석으로 일컬어지고 있다. 장인들이 자연과 예
술, 그리고 과학기술을 융합하여 연출한 흥미롭고 창의적인
정원이라고 할 수 있다. 그리고 식물장식 분야가 있는데 이것
은 꽃꽂이의 업그레이드 버전이라고 할 수 있으며, 신진작가,
전문작가 등으로 구분하여 '올해의 플로리스트RHS Chelsea Florist of
the Year'를 선정하기도 한다.[7] 식물장식을 통해 아이디어를 얻
어 파티나 일상의 인테리어 등에 응용할 수 있도록 하는 취지
가 있다.

또 하나 주목 받고 있는 것은 정원산업을 선도하고 있는 정
원 관련 업체 전시참여 부문이다. 첼시 플라워쇼에서는 다양
한 업체들이 부스를 설치하고 정원 관련 용품들의 홍보 및 판
매, 상담 등을 위해 참여하고 있다. 여기에 참여하는 업체들

의 전시품들은 정원 관련 산업의 최근 동향을 한눈에 파악할 수 있는 기회를 제공한다. 정원식물을 비롯하여 정원관리용품, 편의시설, 수경水景시설, 바비큐 시설 등 정원문화를 즐길 수 있는 다양한 신상품들을 선보이는 자리라고 할 수 있다. 아울러 건물과 정원, 정원과 담장, 정원과 대문 등 공간 디자인의 견본을 제시하고 있어 정원문화의 전반적인 아이디어를 제공하기도 한다.

 첼시 플라워쇼가 비록 짧은 기간 동안 치러지는 행사이기는 하지만 단순한 꽃 잔치나 예쁜 정원을 선보이는 일회성 이벤트로서 소비적인 행사로 끝나는 것이 아니라는 점에 주목할 필요가 있다. 첼시 플라워쇼는 매년 주제를 달리하여 600여 개에 이르는 다양한 테마의 부스를 설치하여 정원 관련 문화와 산업의 현주소를 한눈에 파악할 수 있는 곳이라는 점을 들 수 있다. 사실 정원은 대상지 자체만 놓고 보면 우리 주변의 다양한 자원 가운데 아주 미미한 존재일 수도 있지만 우리가 정원을 생각하고 이용하며 정원을 디자인하는 일련의 행위는 결국 사람과 자연, 기술, 그리고 거대한 경관Landscape과의 관계를 표현한다는 점에서 매우 흥미로운 요소다. 또 우리가 건강한 생활을 영위할 수 있도록 다양한 기능을 제공하고 건전한 공동체 형성에도 크게 기여한다는 점에서도 주목할 필요가 있다. 최근 사람들은 삶의 질에 대한 높은 관심을 보이고 있는데 욜로, 소확행, 워라밸 등의 트렌드에서도 그런 현상을 엿볼 수 있다. 또 주거환경, 도시경관 등에 있어서 바람직한 정원의 역할을 발견할 수 있고 미세먼지, 지구 온난화 등의 환경문제를 완화하는 역할로써 그 가능성에 대해서도 정원의 역할이 기대되고 있다. 이런 점들을 감안할 때 정원은 시민들의 복지 등 삶의 질 측면에서 중요한 요소가 될 뿐 아니라 관광객을 불러들이는 지역자원으로서도 급부상하고 있는 테마라는 점도 눈여겨 볼 대목이다.

정원은 일정공간에 단위정원으로 조성하는 것도 필요하지만 모든 지역의 개발과정에서 어떻게 정원 개념을 도입하느냐가 훨씬 중요한 일이라고 할 수 있다. 그런 차원에서 생각해보면 무엇보다 정원 가꾸기에 대한 필요성과 가치 등에 대한 지역민들의 인식과 공감대 형성이 우선되어야 하지 않을까.

영국 정원문화를 이끌어가는 왕립원예협회, 그리고 시민들의 정원사랑

이렇게 세계적으로 권위 있는 정원문화행사를 성공적으로

개최하는 곳은 과연 어떤 단체인지 당연히 궁금하지 않을 수
없다. 다름 아닌 영국 왕립원예협회다. 이 단체는 1804년 설립
되어 217년의 전통을 자랑하는 영국 최고의 원예 및 정원 비
영리단체로, 연간회원이 약 42만 명에 달한다. 첼시 플라워쇼
를 비롯, 연간 10여 개의 행사와 1000여 회가 넘는 공개강좌를
운영하고 있고, 영국 왕립원예협회가 주최하는 플라워쇼 방
문객은 연간 70만 명에 육박하며, 아울러 BBC 등 미디어를 통
해 수백만 명에게 전달된다. 영국 왕립원예협회는 영국 전역
에 있는 181개의 협력정원으로부터 지원받고 있다. 그 가운데
영국 왕립원예협회가 직접 운영하고 있는 정원은 할로우 카
가든Harlow Carr Garden, 하이드 홀 가든Hyde Hall Garden, 로즈무어 가든
Rosemoor Garden, 위즐리 가든Wisley Garden 등 네 개의 정원이다. 이
곳을 직접 소유하고 관리하면서 교육 및 체험의 장으로 활용
하고 있다. 또 영국 왕립원예협회에서는 정원을 연중 무료로
이용할 수 있는 회원제를 운영하는 등 티켓을 판매하고 있고,
교육 프로그램, 기부, 자원봉사 프로그램, 가든 숍 운영, 정원
관련 쇼나 이벤트 등을 주관하고 있다.[8]

기본적으로 영국 왕립원예협회에서 하고 있는 업무내용을
보면 리플릿, 브로셔 등을 통해 정보를 제공하고, 영국 왕립
원예협회 회원, 자원봉사자 등의 가입신청을 받고 있다. 또한

가든센터 내에서는 정원 관련 서적, 정원관리용품, 정원식물 (종자, 종묘 등), 기념품, 정원 디자인용품 등을 전시, 판매하기도 한다. 특히 영국 왕립원예협회 회원가입은 기간이나 혜택 등에 따라 다양하고 가격도 차등화하고 있다. 회원제 운영은 유형별로 몇 가지 특징이 있는데 크게 연회원과 평생회원으로 구분되어 있고, 가족단위, 시니어, 학생 등 대상에 따라 다양화하고 있다. 회원으로 가입하게 되면 영국 왕립원예협회 관련 정원의 무료입장이나 할인과 정보 및 기념품 등을 제공받을 수 있다. 영국 내의 정원문화 활성화에 있어서 영국 왕립원예협회의 위상과 역할이 어느 정도인지 알 수 있다.

첼시 플라워쇼가 개최되는 시즌에는 지역 주민들도 한몫거든다. 축제 분위기를 고조시키기 위해 가로변의 상가나 주민들이 자발적으로 참여하여 꽃 장식, 미니 정원 등을 조성한다. 시민들의 정원 사랑이 어느 정도인지 제대로 느낄 수 있다. 공공적인 측면에서도 광장이나 공원 등에 상징정원, 조형물 등을 설치하여 정원문화를 함께 공유하려는 노력이 엿보인다. 플라워쇼 때문인지 도시는 많은 사람들로 인해 적잖이 번잡하다. 그럼에도 불구하고 이 도시의 거리를 걷는 일은 참 즐겁다.

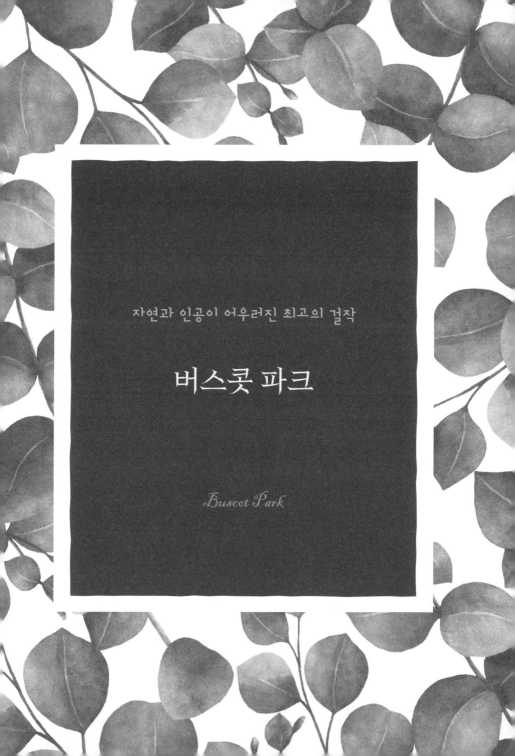

자연과 인공이 어우러진 최고의 걸작

버스콧 파크

Buscot Park

버스콧 파크에 숨겨진
영국 최고의 시크릿 가든

　버스콧 파크에는 영국 최고의 비밀정원이 숨겨져 있다. 이곳은 공원이라는 명칭을 사용하고 있지만 사실 사적인 용도의 집과 정원으로 이루어져 있다. 뿐만 아니라 주변은 울창한 숲으로 이루어져 있고 넓은 초원에는 양떼들이 무리를 지어 한가로이 풀을 뜯고 있다. 목가적인 풍경은 이를 두고 하는 말일 것 같다. 이곳은 버크셔 역사구역 내에 있는 옥스퍼드셔 주 파링든 마을 근처 버스콧에 위치한 일종의 전원주택이다.

　이 주택은 에드워드 러브덴을 위해 1780년에서 1783년 사이에 신고전주의 양식으로 세워진 건물이다. 이후 1859년 호주 사람 로버트 캠벨에게 매각되었다. 1887년 캠벨이 죽자 집과 정원은 1889년 파링든 경의 증조할아버지인 금융가 알렉산더 핸더슨이 다시 인수하게 된다. 그는 일명 파링든 컬렉션 Faringdon Collection으로 일컬어지는 막대한 수집가로도 유명하다. 그의 많은 수집품 가운데는 램브란트의 〈피터6세 초상화〉, 단테 가브리엘 로제티Dante Gabriel Rossetti의 〈판도라Pandora〉 및 번-존스Burne-Jones의 유명한 시리즈 인 〈브라이얼 장미의 전설The Legend of Briar Rose〉 등이 있다. 그의 손자이자 상속자 가빈 핸더슨Gavin Henderson 역시 수집광이었는데 수집된 귀중한 가구들은 로버트 아담Rovert Adam과 토마스 호프Thomas Hope 등이 디자인한 것들이다. 그는 18세기 후반의 건물형태로 복원하는 일에 관심이 많았는데 장식물을 새롭게 고치거나 정원과 숲에 활기를 불어넣기 위해 열정을 기울였다. 1934년 제1대 남작이 세상을 떠남에 따라 그 집은 가빈 핸더슨, 제2대 파링든 남작 등 손자와 후계자를 위해 건축가 게데스 히슬롭Geddes Hyslop에 의해 18세기 형태로 복원되었다.[9]

무엇보다 그가 심혈을 기울인 것이 있는데 바로 '물의 정원 Water Garden'이었다. 그는 유명한 이탈리아식 물의 정원을 디자인하기 위해 조경가 헤럴드 페토Harold Peto에게 의뢰하였는데, 그는 버스콧에서 거주하며 정원 관련 일을 하던 사람이다. 물의 정원은 집 가까이에 붙여 설계하여 주변의 정형식 정원들

과 어울리게 하고, 멀리 떨어져 있는 호수와 연결하여 자연스럽게 통경선Vista*을 구축함으로써 부지 전체를 정원으로 활용하는 디자인을 고안해냈다. 40만㎡가 넘는 광활한 공원 안에 숲, 호수, 분수 등이 조화를 이루도록 하였다. 19세기 후반에 물을 좋아하는 이국적인 식물과 정원들이 정원 잡지에 관련 삽화와 더불어 소개되면서 물을 소재로 한 정원이 인기를 끌었다. 그런 이유로 페토에게 물의 정원 디자인을 의뢰하게 되었다. 그 결과 공원부지 끄트머리에 있는 8만 1000㎡의 호수와 집을 연결하여 독창적인 디자인을 완성했는데, 일련의 난간과 분수 시리즈가 이어지는 알함브라 궁정처럼 멋진 물의 정원이 탄생하게 되었다. 당시에는 풍경화 같은 자연풍경식 정원이 크게 유행하던 시기였다. 그런 점을 감안하면 자연풍경과 독특한 대조를 이루는 정형식 정원의 도입은 매우 이례적이라고 할 수 있다. 페토가 이런 매력 있는 정원을 완성할 수 있었던 것은 19세기 이탈리아의 많은 빼어난 건축가들과 내로라하는 테라스 정원 전문가들 덕분이었다고 한다. 대표적으로는 찰스 배리 경의 제자 레지날드 블롬필드 등의 영

---

* 통경선은 경관을 조망하는 시점視點에서 조망 대상에 이르기까지 전혀 방해되는 요소 없이 시선이 한데 모아지게 하는 경관디자인 기법으로서, 일명 '초점경관'이라고 부른다. 주로 베르사유 궁정 같은 서양의 정형식 정원에서 볼 수 있는데, 요컨대 질서정연한 가로수 등도 여기에 해당된다.

향을 받은 것이다.

페토는 건물에 대한 인상적인 접근을 위해 거대한 관문과 교각을 활용하거나 진입부 광장을 개설하는 등 독특한 설계 기법을 사용했다. 뿐만 아니라 그는 장소 하나하나에 대한 세심한 배려를 아끼지 않았다. 동선을 따라 이동하는 내내 의미 없는 공간이 하나도 없다고 느낄 정도로 짜임새 있게 디자인되어 있다. 또한 자연식 풍경과 과하지 않은 정형식 디자인의 조화는 물론이고 지형을 적절히 활용하여 공간의 위계를 형성하도록 설계한 점도 돋보인다. 계단과 조각과 물을 활용해서 그 면모를 유감없이 발휘하고 있다. 게다가 숲을 가르는 통경선을 통해 정원의 매력을 극대화하고 있다. 이 기법을 통해 조망의 매력을 제공할 뿐 아니라 모든 장소를 자연스럽게 연결하며 저마다에 공간감을 부여함으로써 이동하는 내내 기대와 설렘을 갖게 한다.

이 정원은 탁월한 토지이용, 자연과 건조물의 조화, 근경과 원경의 자연스런 조망을 의도한 디자인 기법 등이 돋보인다. 정원 디자이너는 물론이고 도시설계자들이 교본으로 삼을 만한 가치가 있다. 그래서 온갖 수사를 동원해 아낌없이 찬사를 보내고 싶은 내 마음 속 최고의 비밀정원이다.

자연의 아름다움과 인간의 안목이 만들어낸
최고의 걸작품

버스콧 파크로 진입하는 길은 한적한 목가적 풍경의 연속이다. 전원의 풍경에 눈길을 빼앗긴 채 한참을 이동하다 보면 마치 아담한 동물원, 혹은 식물원으로 들어가는 입구처럼 생긴 게이트가 눈에 들어온다. 입장권을 발행하는 매표소를 지나 가벼운 마음으로 발걸음을 옮기는데, 초반부터 정신을 차리지 못하게 한다. 들어서자마자 너무나도 완성도 높은 정원이 눈앞에 펼쳐져 있기 때문이다. 마치 좋아하는 장난감을 만난 어린아이처럼 눈을 떼지 못하고 연신 카메라 셔터를 누르느라 시간 가는 줄 모를 정도였다.

첫 번째 정원은 수목으로 담을 만들었다고 해서 산울타리 정원Walled Garden으로 이름 붙여져 있다. 동선 양쪽은 수벽樹壁으로 시선을 차단하였고 대신 저 멀리까지 통경선을 형성하여 시선을 사로잡게 함으로써 특정경관에 주목하게 하는 디자인 수법을 도입하고 있다. 특히 이곳은 '사계절로 가는 가파른 발걸음steep steps to four seasons'이라는 주제로 공간을 디자인하였다. 이 정원 한 가운데에는 조형물을 세워 놓고 십자형태로 사등분하고 잔디와 화훼류를 식재하여 계절감을 느끼게 하고 있

다. 오른쪽에는 데이비드 하버David Harber의 작품인 인공폭포가 조성되어 잠시 눈길을 머물게 한다. 하지만 동선은 자연스럽게 왼쪽으로 유도한다. 그런데 여기서부터는 동선이 두 개로 갈라진다. 하나는 계단이 있어 공간의 위계를 형성하고 있는데 동선을 따라 달라지는 미묘한 차이의 조망경관이 무척 흥미롭다. 또 하나의 길은 계단을 오르기 힘든 노약자를 위한 길인데 계단이 없는 완만한 동선으로 조성되어 있다. 길 이름에서도 세심한 배려를 느낄 수 있는데 '노약자나 장애인을 위한 길'이 아니라 '부모를 위한 길Parents'way'로 표기되어 있다. 잔잔한 감동이 가슴 뭉클하게 한다.

경사지를 지나자 너른 초원이 펼쳐지는데 가까운 쪽 높은 곳에는 이 공원의 주인이 사는 건물이 들어서 있고 반대쪽으로는 광활한 숲을 조망할 수 있다. 숲 사이사이에는 잔디밭이 조성되어 있어 울창함과 개방감을 동시에 만끽할 수 있다. 이 광경은 우리의 전통수묵화의 여백의 미처럼 여유를 느끼게 해준다. 그 사이사이에 양떼들이 한가로이 풀을 뜯고 있다. 마음은 이미 그쪽을 향해 달음박질하고 있었다. 할 수만 있다면 당장이라도 돗자리 깔고 피크닉을 즐기고 싶은 생각이 들 정도였다. 숲이 많은 우리나라를 떠올리며 우리가 지향해야 할 숲정원의 미래를 상상해 보았다. 그런데 진짜로 내가 반한 풍경

은 따로 있었다. 집 주변의 잘 다듬어진 정원도 아니고 저 너른 숲정원도 아니었다. 건축물과 인근 풍경을 구경하다 너른 숲을 가로지는 꽤 길게 뻗은 통경선을 발견한 것이다. 바로 이곳이 집과 호수를 연결하는 거대한 '물의 정원'이다.

물의 정원은 단순한 물길의 연속에 그치는 것이 아니었다. 과하지 않은 분수 디자인과 적절한 조각의 배치, 무엇보다 풍화로 인해 시간의 흔적을 느끼게 하는 고즈넉함 등은 아무리 칭찬해도 과하지 않을 것 같다. 비싼 돈으로 수집된 어떤 예술품보다 훨씬 더 감동을 준다. 물의 정원은 경사와 단차를 잘 이용하고 있을 뿐 아니라 구간마다 독특한 느낌을 주어 호수 쪽으로 걸어가는 동안 계속해서 기대감을 갖게 하였다. 특히 이 정도 정원의 완성도라면 관광객들로 북적거릴 만도 한데 정원을 감상하는 동안 아무런 방해도 받지 않고 맘껏 자연과 교감할 수 있었다. 마치 특혜처럼 느껴져 이런 호사를 누려도 되나 싶을 정도로 감성에 흠뻑 빠질 수 있었다.

정원은 자연 속에 숨겨진 극도의 아름다움과 인간이 발휘할 수 있는 최상의 안목이 만났을 때 탄생하는 지상 최고의 걸작품이다. 이런 정원을 보고 있노라면 어떤 것으로도 대신할 수 없는 잔잔한 감동과 더불어 소소한 행복감마저 느끼게 된다.

셰익스피어의 숨결이 살아 숨 쉬다

스트래퍼드 어폰 에이본

Stratford-upon-Avon

셰익스피어의 생가마을,
스트래퍼드 어폰 에이본

학창시절 위인전과 더불어 꼭 읽어야만 했던 책들이 꽤 있었다. 그 가운데 《햄릿》, 《오셀로》, 《리어왕》, 《맥베스》 등 셰익스피어의 4대 비극이 거기에 해당한다. 그래서 짧은 시간에 마치 밀린 숙제를 해치우듯 뚝딱 읽었던 기억이 있다. 왠지 남들이 다 읽을 법한 책들을 읽지 않으면 안 될 것 같은 일종의 의무감이 크게 작용했던 것 같다. 하지만 그 부작용은 얼마 가지 않아 나타났다. 결국 네 권의 책 내용은 뒤죽박죽이 되고 등장인물마저도 제대로 구분할 수 없을 정도였다. 몇 해 전 셰익스피어 생가마을을 방문할 기회가 있었다. 이곳저곳을 둘러보며 즐거워하면서도 작품 내용들을 속속들이 이해하

고 있다면 훨씬 실감나게 감상할 수 있지 않았을까 하며 아쉬워했던 생각이 난다.

영국 대부분의 마을들이 그렇듯 셰익스피어 생가마을도 건물과 정원이 너무 조화롭고 아름다웠다. 영국 사람들이 정원을 좋아하는 것은 익히 알고 있지만 셰익스피어도 정원을 무척이나 사랑한 사람이었다. 윌리엄 셰익스피어William Shakespeare, 1564-1616는 스트래퍼드 어폰 에이본에서 태어났고, 이곳에서 52년을 지냈다. 런던에서 극작가로 명성을 얻어 활동한 후에도 결국 고향으로 돌아왔다. 셰익스피어의 발자취를 따라가다 보면 먼저 헨리 거리Henley Street에 있는 그의 생가, 매리아덴 농장Mary Aden' Farm의 어린 시절 놀이터, 그의 아내 앤 해서웨이Anne Hathaway의 농가Cottage, 그리고 부와 명성을 얻은 후 마련한 그의 마지막 집 등을 볼 수 있다. 셰익스피어가 머물렀던 곳에는 어김없이 정원이 딸려 있는데, 그가 얼마나 정원을 사랑했는지를 잘 보여주고 있다.

셰익스피어 생가마을 스트래퍼드 어폰 에이본은 런던에서 북서쪽으로 150㎞ 정도 떨어진 곳에 위치해 있는데, 마을 옆으로 에이본 강이 흐르고 있다. 사실 영국에는 스트래퍼드라는 지명이 여럿 있다. 그래서 다른 도시들과 구별하기 위해 에이본 강이 흐르는 스트래퍼드라는 점을 강조하다 보니 마을 이름이 다소 길다. 하지만 보통 지명과는 다른 서정적인 느낌이 있어 나쁘지 않다.

이 마을이 주목받고 찬사를 받으며 많은 관광객들의 발길이 끊이지 않는 이유는 간단하다. 세기의 문호 셰익스피어가 태어났고 대부분의 삶을 이곳에서 보냈기 때문이다. 그러다 보니 강 유역의 풍경과 역사적인 건물, 그리고 아름다운 정원들이 모두 그와 관련된 풍성한 이야기를 품고 있다. 이곳을 찾는 사람들은 꽃 한 송이, 돌멩이 하나하나에 예의주시하고 의미를 부여하고 싶어 한다. 왜냐하면 그가 이곳 풍경들을 통해 엄청난 예술적 영감을 받았을 것이라고 생각하기 때문이다. 마을은 마치 영화 세트장처럼 정연하고 아름답다. 셰익스피어 생가는 목조 가옥으로 토속적인 느낌을 물씬 풍기고 있는데, 마을은 전체적으로 생가와 잘 조화되는 풍경을 유지하고 있다. 화려하지는 않지만 부유한 상인집안답게 외관은 물론 건물 내부도 잘 보존되어 있고, 정원도 훌륭해서 전체적으로 격조 있다는 느낌을 받는다. 이곳은 16세기 중산계급의 생활상을 짐작해 볼 수 있을 정도로 당시의 가구, 생활용품 등이 잘 보존되어 있다. 무엇보다 그가 거닐었을 정원은 색다른 감성을 불러일으켰는데, 그의 작품 속에 등장하는 무수한 꽃과 나무 등이 이야기의 모티브가 되었을 것이라는 생각 때문이다.

셰익스피어는 아버지가 돌아가신 후 이집을 물려받은 것으로 전해진다. 생가에서 5분 거리에 있는 또 다른 집 뉴 플레이스New place는 셰익스피어가 런던에서 번 돈으로 샀는데 그가 은퇴한 후 죽을 때(1597-1616)까지 줄곧 이곳에서 머물렀다고 한다. 이곳에서 그리 멀지 않은 곳에 그가 6년 정도 자신의 말년을 보냈던 곳은 현재 공원으로 꾸며져 있으며 여기에는 그의 동상이 세워져 있다. 동상은 마을의 랜드마크 역할을 하고 있으며 관광객들에게는 만남의 광장 같은 역할을 하고 있다. 또 인근에 있는 그의 손녀 엘리자베스 홀과 그녀의 남편 토머스 내시가 거주했던 내시의 집Nash's House은 현재 박물관으로 활용하고 있다. 그리고 소박한 교회Holy Trinity church와 교회 앞 그의 묘소는 공원처럼 개방되어 사람들의 발길이 끊이지 않고 있다. 또 에이본 강변 다리 뒤로 보이는 붉은 벽돌건물은 로열 셰익스피어 극장으로 1875년 세워졌으나 1926년 화재로 소실되자 1932년 새롭게 건축되었다고 한다. 셰익스피어 연극 전문극장으로 매년 3월에서 11월까지 공연되는 곳이다. 아직 여기서 공연을 본 적은 없지만 언젠가 직접 공연을 보고 싶은 생각은 아직 접지 않고 있다.

거리에는 온통 튜더 양식으로 일컬어지는 건물들로 아기자기한 경관을 이루고 있다. 요컨대 튜더 양식은 헨리7세에서 엘리자베스1세에 이르는 튜더 왕가시대(1485-1603)에 성행했던 건축양식이다. 회반죽과 벽돌을 사용하여 만들어진 건축물로 외부로 노출된 다양한 목재 디자인이 독특한 아름다움을 자아내고 있다. 가로 조형물들도 억지스럽지 않아 자연스럽게 셰익스피어를 떠올리게 했는데, 특히 광대동상에 새겨져 있는 문구도 미소 짓게 한다. "O noble fool! A worthy fool!(오 고귀한 바보, 가치 있는 바보)"는 셰익스피어의 작품 《As you like it(뜻대로 하세요)》에서 따온 문구다.

셰익스피어 생가마을에서 또 하나 빼놓을 수 없는 곳이 있는데 바로 앤 해서웨이의 집이다. 이곳은 셰익스피어 부인 앤 해서웨이가 셰익스피어와 결혼하기 전인 1582년까지 살았던 집으로 셰익스피어 생가에서 2㎞ 정도 떨어진 외곽에 위치해 있다. 15세기 중기에 건립된 전형적인 영국 농가로, 과수원, 텃밭, 그리고 정원이 아름답게 조성되어 있다. 1892년까지 해서웨이 가※의 소유였으나 셰익스피어 재단에서 구입하여 원래 모습으로 복원해 관광객들에게 개방하고 있다.

셰익스피어 생가마을을 탐방하면서 느낀 점은 위대한 인물이야말로 지역 활성화를 위한 최고의 자원이라는 생각이 들었다. 그리고 그와 관련된 유적들을 소중히 하고 그와 얽힌 이야기를 마을 가꾸기에 적절히 활용하고 있다는 점도 놓쳐서는

안 될 대목이다. 무엇보다 이곳을 두루 돌아보며 느낀 점은 유적지 관광이라기보다는 마치 명품정원을 탐방하는 느낌을 지워버릴 수 없었다. 그의 숨결이 묻어 있는 장소는 하나같이 자연과 정원이 있었다. 어쨌든 그곳이 역사문화공간이건 현대도시이건 상관없이 공간과 건물을 이어 주며 아름답게 하는 최고의 장식은 역시 정원이라는 것을 더욱 실감할 수 있었다.

작품 속의 정원 이야기

셰익스피어의 삶과 작품 속에는 수많은 정원과 꽃들이 등장한다. 실제로 그는 정원을 무척 사랑했으며 그에게 있어 정원은 작업실이자 놀이터였다. 그만큼 정원에서 보내는 시간이 많았고 거기서 영감을 얻었음을 짐작케 한다. 그의 작품 《햄릿》 속에 등장하는 정원 이야기다. 아버지가 죽은 직후 덴마크 왕이자 삼촌인 클로디어스와 엄마이면서도 현재 왕비인 거투르드가 독일 비텐베르크로 떠나려는 햄릿에게 남아 있을 것을 권유하는 대화 장면(햄릿 1막2장)이 나온다. 홀로 남은 햄릿이 독백에서 당시 심경을 정원에 비유하며 토해내는 대사가 무척 흥미롭다. "오 하나님! 하나님! 이 세상만사가 내게는 얼마나 지겹고, 맥이 빠지고, 단조롭고, 쓸데없이 보이는가! 역겹고 역겹다. 세상은 잡초 투성이 퇴락하는 정원, 본성이 조잡한 것들이 꽉 채우고 있구나."[10] 그도 그럴 것이 햄릿의 죽은 아버지가 유령으로 나타나 햄릿과 대화하는 장면(햄릿 1막5장)에서는 자신이 삼촌인 왕에 의해 정원에서 살해되었다는 이야기를 전한다. "자, 햄릿, 들어봐. 정원에서 자는데 독사가 나를 물었다고 발표되었다. 그러나 귀한 애야 알아둬. 네 아비의 목숨을 앗아간 그 독사가 지금 왕관을 쓰고 있음을…."[11]

또, 작품 《한여름 밤의 꿈》은 전원에서 자유로움을 만끽하는 5월 축제를 통해 연인들의 짝짓기를 이야기한다. 어느 여름날 지겨운 도시와 도덕률에서 벗어나 깊은 숲속, 그것도 낮이 아닌 밤의 숲에서의 자유로움을 묘사한다. 특히 2막1장에 나오는 요정들의 왕 오보론과 요정왕을 섬기는 요정 퍽(로빈 굿펠로)의 대화 속에서 우리에게 안식의 의미를 생각하게 한다. "내가 야생 백리향이 만발한 강둑을 하나 알고 있는데, 그곳에는 앵초와 살랑거리는 제비꽃을, 향긋한 사향장미, 들장미와 더불어 감미로운 인동덩굴들이 지붕처럼 완전히 덮고 있단다. 거기서 티타니아(요정)가 이 꽃들의 향기와 살랑거림에 취해서 저녁시간에 잠을 자곤 한다."[12] 어두운 밤의 숲속은 시간적으로나 공간적으로 자유지대 혹은 해방공간이라고 할 수 있는데, 일상 혹은 현실에서 탈피하는 것을 의미한다. 하지만 책 제목에서도 알 수 있듯이 그곳 또한 자유로운 해방구가 될 수 없음을 암시한다.

한편, 우리에게 너무나 잘 알려진 《로미오와 줄리엣》에서도 어김없이 정원은 등장한다. 이야기의 주요무대 가운데 하나가 그녀의 가족이 살고 있는 집(베로나 캐플릿의 집) 정원이다. 여기서도 정원의 꽃에 비유한 주옥 같은 이야기를 엿볼 수 있다. 2막3장에 등장하는 대화로 로렌스 신부의 대사다. "이

연약한 꽃봉오리에는 독도 있고 약효도 들어 있겠다. 냄새를 맡으면 향기는 온몸을 상쾌하게 하지만 맛을 보면 오감에서 심장까지 마비되니까. 이처럼 두 왕이 맞싸우는 다툼은 초목 뿐 아니라, 인간에도 있으니 미덕과 육덕이지. 악한 쪽이 우세하면 죽음이란 해충이 나무를 갉아먹게 되는 법이라."[13] 셰익스피어의 작품 《햄릿》의 명대사 "사느냐 죽느냐 그것이 문제로다(To be or not to be)"처럼 우리가 살면서 겪는 인간의 존재적 본질과 도덕성에 대한 수많은 고뇌와 선택이 중요함에도 불구하고 쉽지 않음을 알 수 있다. 그런 차원에서 우리 사회가 이웃과 더불어 선한 공동체를 형성하며 지속가능한 삶을 영위하기 위해서 우리 주변의 자연, 정원, 꽃 한 송이에 주의를 기울여 보는 것은 어떨까. 관심을 갖느냐 갖지 않느냐 그것이 문제로다.

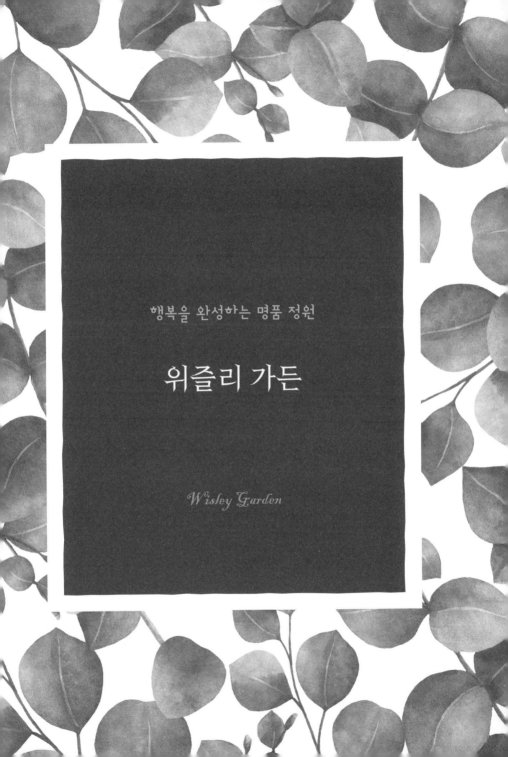

행복을 완성하는 명품 정원

위즐리 가든

Wisley Garden

정원사들의 정원,
위즐리 가든

　위즐리Wisley는 할로우 카Harlow Carr, 하이드 홀Hyde Hall, 로즈무
어Rosemoor 등과 더불어 영국 왕립원예협회에서 운영하는 4대
정원 가운데 하나다. 원래 위즐리 가든은 사업가이자 발명가
였던 조지 퍼거슨 윌슨George Ferguson Wilson이 1878년부터 조성하
기 시작하였다. 그는 원예에 대한 관심이 지대했는데 특히 영
국에서 생육이 어려운 식물들을 구해 와 기르는 것을 즐거워
했다. 초기에는 백합류, 붓꽃류, 프리뮬러Primula 및 수생식물
등을 주로 수집하여 재배하였다. 이후 1903년 윌슨이 세상을
떠나자 토마스 한버리Thomas Hanbury 경이 부지를 매입하여 왕립
원예협회에 기부하게 되면서 현재에 이르고 있다.[14] 왕립원예

협회는 회원제를 도입하여 상호 정보교환은 물론이고 일반시
민들에게 식물 전반에 걸친 폭넓고 정확한 지식과 편의를 제
공함으로써 정원문화를 발전시키는 데 크게 기여해 왔다. 뿐
만 아니라 협회의 가장 돋보이는 역할은 완성도 높은 정원을
유지함으로써 보다 많은 시민들에게 교육 및 복지 공간으로
활용하고 있다는 점이다.

　이 정원은 입장하는 순간부터 정원 문을 나서는 순간까지
이렇게 눈 호강해도 되나 싶을 정도로 만족스런 정원이다. 위

즐리 가든은 세계에서 가장 멋진 정원 가운데 하나라는 점에 의심할 여지가 없다. 그렇다면 무엇 때문에 그토록 위즐리 가든에 대한 찬사를 아끼지 않는 것일까? 무엇보다 어마어마한 식물의 다양성에 있다고 할 수 있다. 흔히 "만약 위즐리 가든에서 자랄 수 있다면, 세계 어디에서든 자랄 수 있다"는 말이 있을 정도다. 2만 5000종 이상의 식물을 수집하여 모아놓았는데 기후, 토양, 수분 등 생육조건이 다른 수종들이 동일한 장소에서 멋진 하모니를 이루며 자라고 있다는 점이다. 요컨대 유리온실 옆에서 자라고 있는 각종 채소, 초본류, 과일 등은 마치 상상을 토대로 그려놓은 그림을 보고 있는 것처럼 느껴질 정도다. 온대, 난대, 열대 등 기후대가 다른 다양한 식물들이 한곳에 어우러져 자라는 풍경은 아무데서나 쉽게 찾아볼 수 있는 것은 아니다.

그런데 위즐리 가든이 주목을 받는 것은 단순히 식물들을 한곳에 많이 모아놓았기 때문만은 아니다. 식물의 집합체 그 이상의 무엇이 있는데 그것은 '다양성 속의 일체감'이라고 할 수 있다. 마치 영화 속 장면들처럼 뜻밖의 풍경들이 연속적으로 등장하는데, 한 번은 예상치 못한 의외성에 놀라고 주제의 스토리를 잘 그려낸 풍경의 완성도에 또 한 번 놀라게 된다. 약 30만 평의 정원이 한 치의 허술함도 없이 공간별로 각 주

제에 걸맞은 정원 디자인이 탄탄하게 그려져 있다. 지형을 활용한 위계, 정원감상을 위한 동선動線 등이 너무 자연스러우며 적재적소에 식물과 점경물點景物이 치밀하게 배치되어 있다. 이 정원은 많은 정원 전문가들에게 영감을 주는 곳으로도 유명한데, 그래서 일명 '정원사들의 정원'으로 불리고 있다. 뿐만 아니라 많은 시민과 학생들에게 정원 관련 내용은 물론이고 사회체험교육의 현장으로도 톡톡히 한몫을 하고 있다. 이렇게 매력적인 정원을 유지하기 위해 80여 명의 직원들이 참여하고 있다. 지도제작을 비롯하여 식물기록 및 라벨표시, 종자, 기계 등의 수집과 보급, 나무관리, 관개 및 잔디관리 등 각 분야별로 역할분담을 하고 있다. 이 정원은 정교하게 다듬어진 인공정원, 흐드러지게 핀 꽃의 향연, 목장과 같은 분위기를 연출한 초지정원Meadow Garden, 물을 활용한 운하와 분수 등 다양한 테마정원들이 눈을 뗄 수 없게 하고 한시라도 지루할 틈을 주지 않는다. 좀처럼 흥분을 가라앉히지 못하고 하나라도 더 보고 한 장면이라도 더 카메라에 담아두고 싶은 마음이 앞선다.

　그런데 정원 내에 있는 카페와 레스토랑에서 차와 음식을 앞에 두고 여유를 즐기는 사람들의 모습이 눈에 들어왔다. 차나 음식은 그들의 안식을 위해 그저 거들 뿐이었다. 예쁜 정원에 둘러싸여 동료들과 여유롭게 담소를 즐기는 모습이 참으로

평화스럽다. 행복해 보이는 사람들의 모습은 정원의 어떤 식물이나 장식물보다 아름다운 풍경이었다. 왠지 딴 세상에 와 있는 것처럼 느껴질 정도였다. 잠시나마 시간이 멈추어버렸으면 좋겠다는 생각이 들었다. 만약 정원이 갖추어야 할 최고의 조건이 무엇이냐고 묻는다면, 나는 주저 없이 사람들에게 얼마나 행복한 표정을 짓게 할 수 있느냐를 꼽을 것이다. 그런 면에서 위즐리 가든은 자연의 아름다움을 극도로 섬세하게 표현한 점도 높이 평가할 만하지만 사람들의 얼굴에 웃음꽃을 피우게 해 준다는 점에서 진정한 명품정원이 아닐까.

정원을 사랑하는 사람들이 명품정원을 만든다

위즐리 가든을 조성한 조지 퍼거슨 월슨은 무척이나 정원을 사랑한 사람이다. 당시 영국에서 쉽게 볼 수 없었던 식물을 채집하여 연구하였고 이를 정원으로 완성하였다. 그 결과 지금 전 세계 대부분의 식물을 이 정원에서 한눈에 볼 수 있게 되었다. 또 영국왕립원예협회는 정원의 체계적인 관리는 물론이고 시민들에게 친근하게 다가가 일상의 삶을 윤택하게 하는 데 크게 기여하고 있다. 아울러 정원을 사랑하는 사람들

은 이 협회의 취지를 이해하고 회원으로 가입하여 함께 가꾸고 더불어 즐기고 있는 셈이다. 이 정원은 누군가 식물을 모아 재배하였고, 또 누군가는 멋진 디자인으로 꾸준히 완성도를 높여 왔으며 보다 쾌적하고 아름다운 정원으로 유지하기 위해 쉼 없이 땀을 흘리는 사람들이 있었다. 위즐리 가든은 다양한 식물의 종류, 자연과 어우러진 최고의 디자인, 체계적인 유지·관리, 시민 친화적 서비스 등 모든 면에서 아낌없는 찬사를 받고 있다. 정원을 사랑한 사람들의 관심과 노력들이 지금의 명품 위즐리 가든을 있게 한 것이다. 궁극적으로 진정한 명품정원은 그곳을 이용하는 사람들의 행복한 얼굴에서 비로소 완성된다고 할 수 있다.

꽃섬, 쉼과 느림의 미학이 흐르다

마이나우 섬

Mainou Island

새들이 노래하고 나비들이 춤추는 꽃섬,
마이나우

　독일, 스위스, 오스트리아 3개국의 국경이 맞닿은 접경부분
에 콘스탄츠Konstanz라는 호수가 위치해 있다. 로마황제의 이름
에서 유래한 것으로 영어로는 콘스탄스Constance 호수지만 현지
에서는 보덴제Bodensee 호수로 불린다. 콘스탄츠 호수는 유럽에
서 세 번째로 큰 호수로 전체 둘레가 64㎞ 정도며, 최대 수심
은 252m다. 겨울에도 얼지 않는 것으로 유명한 이 호수 안에
최고의 비경을 자랑하는 섬 마이나우가 자리 잡고 있다.

　섬에 들어서면 처음에는 숲이 제일 먼저 눈에 들어오고 숲
사이사이로 자수처럼 수놓은 화려한 꽃들이 그림처럼 펼쳐진
다. 그리고 정원 여기저기를 날며 춤추는 나비와 노래하는 새

들을 만날 수 있다. 우거진 숲과 다채로운 꽃들 덕분에 새와 곤충들의 낙원이 되고 있다. 그런 이유 때문인지 마이나우는 일명 '꽃섬'으로 알려져 있다.

이곳은 성과 식물원 등을 보유하고 있고 다수의 희귀종 식물이 식재되어 있는 것으로도 유명하다. 섬 전체가 다양한 테마 정원으로 조성되어 있어 마치 정원백화점에 들어와 있는 느낌을 받는다. 무엇보다 섬이라는 특징을 잘 살려 놓았는데 요소요소에 조망경관을 확보하여 간간히 호수경관을 즐길 수 있는 점도 매력적이다. 독일 내 정원 가운데 가장 인기가 많은데 연간 1200만 명이 방문한다. 이곳은 인근 주민들과 관광객들이 쉼과 느림의 미학을 체험할 수 있는 최고의 휴식공간이다. 정원애호가들 사이에서는 '정원의 교본'으로 정평이 나 있다.

이 섬은 자연 및 문화경관을 보호하기 위해 보호구역으로 지정하였다. 이곳이 얼마나 보물로 여겨지고 있는지 단적으로 보여주는 대목이다. 기록에 의하면 이 섬은 원래 수도원 부지였는데 1272년부터 튜턴 기사단Teutonic Knights*에게 소유권이 넘어갔고 기사단은 이곳에 기지를 조성했다. 튜턴 기사단은 500년 이상을 마이나우 섬에 살면서 남쪽 사면은 포도밭으로 가꾸었고 고원지대에는 과수원을 일구었으며 호수 근처에는 농장과 목초지를 조성하였다. 당시 그들은 농업을 경제적 기반으로 했는데 아마도 자급자족을 꿈꾸었던 것으로 보인다. 오래된 지도에는 기하학적으로 잘 정돈된 정원들이 조성되어 있는 것도 눈에 띈다. 기사단이 해체된 이후 마이나우는 1806년에 새롭게 들어선 바덴Baden 대공국大公國의 일부가 되었다. 그런데 바덴 대공국은 섬 생활에 대해 흥미를 갖지 못했던 것 같

---

* 튜턴 기사단은 중세 십자군 원정 때 주로 독일인 기사들로 구성되어 독일 기사단이라고도 일컬어졌는데, 오스트리아 빈에 본부를 두고 있는 로마 가톨릭 교회에 소속된 종교기사단이다.

다. 결국 1827년 헝가리 왕자 니콜라스 에스테르하지Nicolas Ester-hazy에게 팔아버렸다. 섬을 구입한 니콜라스는 성 근처에 있는 건물들과 낡아빠진 요새들을 철거하였고 대신 외국으로부터 들여온 교목과 관목들을 식재하기 시작했다. 1830년에는 현재 수목원 경계부에 백합나무를 식재하였고 성의 남쪽에는 무화과나무도 식재하였다. 세월이 흘러 니콜라스 에스테르하지 왕자의 후손은 1839년 랑겐슈타인의 카타리나 백작부인에게 팔았고 그녀는 다시 그녀의 딸에게 주었다. 이후 그랜드 듀크 프레드릭1세Grand Duke Frederick I , 1826-1907가 1853년 이 섬을 매입하여 다양한 정원으로 가꾸기 시작했다. 이때 성곽정원, 식물원 등 지금의 정원형태를 갖추는 토대를 마련하였다.

1856년 미래의 황제 윌리엄1세의 딸 프로이센 공주 루이스Louise와 결혼한 프레드릭1세는 식물수집에 열정을 기울였다. 그도 니콜라스 에스테르가 그랬던 것처럼 건물과 요새를 허물기 시작했고 그 자리에 산책로와 머물 수 있는 공간을 가꾸었다. 게다가 예전보다 한층 더 이국적인 식물들을 들여왔는데 1856년에는 누에를 기르기 위해 뽕나무 숲도 조성하였다. 1862년에 프레드릭과 루이스 사이에서 딸 빅토리아가 태어났는데 이를 기념하기 위해 라임나무를 심었고 이를 일명 '빅토리아 나무'로 불렀다. 이 한그루의 나무로 시작하여 현재의 수

목원으로 발전하였다. 프레드릭1세는 81세를 일기로 그가 사랑한 마이나우 섬에서 생을 마감했다. 남편의 일을 존중한 미망인은 그가 남기고 간 정원에서 아무것도 바꾸지 말라고 주문했다. 이렇게 25년 정도 흐른 뒤 이 섬은 숲으로 무성해졌다. 프레드릭1세와 루이스의 아들인 그랜드 듀크 프레드릭2세 Grand Duke Frederick II 는 그의 누이 빅토리아에게 이 섬을 넘겼다.

1881년에 빅토리아는 미래의 스웨덴 왕인 구스타프5세 Gustav V와 결혼하여 1907년에 스웨덴의 왕세녀가 되었다. 1930년에 그녀가 사망했고 이 섬은 그녀의 아들 윌리엄에게 상속되었으며 그는 또 그의 아들 레나르트Lennart에게 양도하였다. 그는 1932년 스웨덴의 평민여성인 카린 니스반트Karin Nissvandt와 결혼하면서 스웨덴 왕자로서의 모든 직책과 권리를 박탈당했다. 하지만 이 부부는 섬을 너무 사랑한 나머지 섬에서 살게 되었고 거기서 생계를 꾸려가게 되었다. 1950년대에 그는 비로소 룩셈부르크의 샤를로테 공작부인으로부터 에프 위스보그af Wisborg라는 백작 칭호를 부여받게 되었다.[15] 이렇게 수차례 주인이 바뀐 탓에 다양한 이야깃거리를 간직한 정원이 되었고 지금은 개방되어 세계적인 관광명소로 각광을 받고 있다.

제2차 세계대전 후 정원은 한층 발전하였는데 이탈리아 스타일의 장미정원, 화훼정원, 숲속 산책로, 계단식 폭포 등을

도입하였다. 콘스탄츠 호수 안의 마이나우 섬은 해를 거듭하면서 더욱 완성도 높은 정원으로 거듭나고 있다. 독일인들에게는 '내륙의 바다'에 떠 있는 '휴식의 섬'으로 일컬어질 정도로 아주 특별한 장소로 사랑받고 있다. 지금은 후손들이 재단을 만들어 17개의 테마 정원을 체계적으로 관리하고 있다. 이 섬에서는 각종 주제 정원마다 독특한 볼거리를 제공하는 것은 물론이고 호숫가의 수변경관, 산책로, 화원, 지형변화에 따른 위계, 건물과 정원의 조화 등 훌륭한 정원학습장이 되고 있다. 특히 마이나우는 '완성된 정원은 없다'는 철학을 바탕으로 새로운 가치를 창출하기 위해 노력을 아끼지 않고 있다. 마이나우는 정원이 제공하는 아름다움은 물론이고 휴식과 휴양, 영감을 줄 수 있는 사회적 역할을 수행하기 위해 여전히 노력을 게을리하지 않고 있다.

완성된 정원은 없다.
다만, 최상을 지향하는 과정이 있을 뿐

　누구나 아름다운 것을 보면 감동한다. 그렇기에 아름다움을 추구하며 사는 것은 너무나 자연스러운 일이다. 이런 일상

의 소소한 기쁨은 우리의 행복과 직간접적으로 관련이 있기 때문에 가볍게 여길 문제는 아니다. 그런데 도대체 그 아름다움은 어디서 어떻게 찾아야 할까? 미술관이나 박물관을 찾거나 아니면 백화점을 찾는 사람도 있을 것이다. 또 생소한 도시를 찾아다니며 탐색하는 경우도 있을 것이다. 아름다움을 찾을 수만 있다면 때와 장소가 그다지 중요한 것은 아니다. 하지만 곰곰이 생각해 보면 아름다움을 노래하거나 연출하는 사람들은 대부분 자연에서 영감을 얻거나 오래된 것들에서 찾아내는 경우가 많다. 그런 점에서 마이나우는 자연이 얼마나 아름다울 수 있는지를 잘 보여주고 있다. 뿐만 아니라 역사의 흔적들을 소홀히 하지 않고 섬세하게 스토리 자원으로 활용하고 있다는 점에서 적절한 장소라고 할 수 있다.

따지고 보면 정원처럼 사람들의 오감을 만족시키며 행복감을 느끼게 하는 대상이 또 있을까 싶다. 다만 정원은 그림이나 조각품처럼 특정한 형태로 일거에 완성되는 결과물이 아니라는 점에서 지속적인 노력이 수반되어야 한다. 마이나우 정원은 이 점을 간과하지 않고 있고 최상의 아름다움을 유지하기 위해 끊임없이 노력하고 있다는 점에 찬사를 보내고 싶다. 잔잔한 호수 위의 백조가 우아한 자태를 유지하기 위해 물밑에서 쉬지 않고 발버둥치는 노고를 마다하지 않는 것과 다를 바 없다. 정원을 아름답게 유지하기 위해서는 심고, 가꾸는 일 외에 아름다움을 연출하는 안목을 길러야 함은 두말할 필요가 없다. 그리고 그것을 구체화하는 과정, 요컨대 계획, 설계, 시공, 유지·관리 등 모든 과정에서 완성도가 요구된다는 점이다. 지역개발이나 도시재생, 마을 가꾸기 등을 추진함에 있어서도 마찬가지다. 문화적 정체성도 없는 폴리Folly를 유명작가의 작품이라고 해서 도시 여기저기에 남발한다거나 손쉽게 할 수 있다고 해서 마냥 담벼락에 페인트로 벽화를 그리는 것도 다시 생각해 볼 일이다. 우리가 지향하는 도시는 세련된 도시나 이색적인 아이디어를 전시하는 도시가 아니라 거기에 사는 사람들이 행복한 도시여야 하기 때문이다. 끊임없이 세상은 변하고 사람들의 욕구는 그칠 줄 모른다. 마이나우 정원은 때와 장소에 맞는 적절함이 무엇인가에 대해 깨닫게 해 주고 지속적으로 가꾸는 것의 중요성 또한 가르쳐 준다. 어쩌면 정원은 사람들의 문화수준이나 가치인식을 가늠해 볼 수 있는 바로미터가 아닐까 생각해 본다.

작은 것이 아름답다

클라인가르텐

Kleine Garten

도시민을 위한 녹색 인프라,
클라인가르텐

영국인들에게 훌륭한 정원과 공원이 있다면 지금 독일인들에게는 훌륭한 숲이 있다. 사실 독일은 산림면적이 전 국토의 32.7% 정도에 불과하여 우리나라 산림면적(63.2%)에 비하면 절반 정도의 수준이다. 하지만 숲이 전국에 골고루 분포해 있어 실제로는 훨씬 더 많은 것처럼 느껴진다. 뿐만 아니라 숲의 보전이나 활용 측면에서도 세계 최고 수준이다. 독일의 숲은 주로 인공으로 조성한 까닭에 어디를 가나 벌목이나 관리를 위한 차량이 드나들 수 있도록 임도林道가 잘 개설되어 있다. 이 길을 따라 산책, 승마, 조깅 등을 하거나 휴양과 각종 레크리에이션을 즐기는 사람들을 어렵지 않게 만날 수 있다. 말하자

면 영국인들이 정원이나 공원에서 하는 모든 활동을 독일인
들은 숲에서 한다고 보면 된다. 그렇게 숲이 주는 혜택을 누
리고 있기 때문인지 도시에도 공원보다는 도시림을 주로 조
성하고 있다.

　그럼에도 불구하고 거의 모든 도시에서 볼 수 있는 독일만
의 독특한 정원문화가 따로 있다. 바로 '작은 정원'이라는 뜻
을 가지고 있는 클라인가르텐Kleine Garten이다. 그렇다고 쌈지정
원이나 손바닥정원처럼 장소에 국한하지 않고 작은 빈터만 있
으면 조성할 수 있는 것은 아니다. 클라인가르텐은 마치 산업

단지처럼 부지를 조성하고 이를 구획하여 분양하는 방식인데, 이를 분양받은 사람들은 각자 취향에 따라 다양한 스타일의 정원을 가꾼다. 클라인가르텐의 또 다른 이름은 슈레버가르텐 Schrebergarten이다. 그 배경이 참 흥미로운데 당시 의사였던 슈레버 박사Daniel Gottlob Moritz Schreber, 1808-61와 관련이 있다.

그는 평소 환자들에게 "무조건 햇볕을 많이 쬐고 맑은 공기를 마시며 흙에서 푸른 채소를 가꾸라"는 다소 생뚱맞은 처방을 해 주었다고 한다. 삭막한 도시에서 마시는 탁한 공기, 운동부족 등이 사람들의 면역력을 떨어뜨리고 결국 질환을 앓게 한다는 것이다. 그는 평소 "작은 정원을 조성하는 것이 병원 침상 수를 줄이는 최선의 대안"이라고 입버릇처럼 강조했다고 한다. 특히 어린이와 청소년들에게 맑은 자연환경에서 마음껏 뛰놀 수 있는 환경을 마련해 주는 것에 관심이 많았다고 한다. 이후 슈레버 박사가 사망하자 그와 뜻을 같이 했던 하우스쉴트 박사Dr. phil. Ernst Innocenz Hausschild, 1808-66는 라이프치히 슈레버 협회와 더불어 고인의 염원을 담아 어린이들이 놀고 운동하기에 알맞은 장소에 기념광장을 만들었는데, 이를 '슈레버광장Schreberplatz'이라고 명명하였다.

슈레버 협회는 학교 조직체나 교육협회 명분으로 운영하기 위해 조직된 단체가 아니라 순수하게 슈레버 박사의 뜻을 기리기 위해 학부형들이 조직한 단체다. 그 후 학교 교사였던 칼 게셀Heinrich Karl Gesell, 1874-1945이 슈레버 광장에 정원을 조성하였고, 어린 학생들이 직접 체험을 통해 농사일을 배울 수 있도록 실습농장도 운영하였다. 그러나 어린이들이 정원을 제대로 가꾸지 않아 잡초만 무성하게 되었고 결국은 학부모들이 나서서 관리하게 되었다. 어린이정원을 돌보면서 옆에 가족정원을 따로 만들어 구획정리도 하고 울타리도 만들었는데 이를 '슈레버가르텐'이라고 불렀다. 이것이 바로 독일 최초의 클라인가르텐이다. 이후 공장들이 즐비하게 들어서 있는 삭막한 환경의 빈민촌 노동자 계층에도 태양과 산소가 풍부한 녹지공간이 제공되어야 하고, 부족한 청정채소를 자급자족할 수 있는 기회를 주어야 한다는 사회운동이 확산되면서 제도적으로 안착하게 되었다.

1870년 당시 이러한 작은 정원이 이미 100여 개에 달했고, 이러한 라이프치히의 사례는 여러 학교와 다른 도시로 빠르게 전파되어 마침내 독일 전역으로 확산되었다. 이후 독일 정부는 모든 지자체가 적정 규모 이상의 슈레버가르텐을 보유하도록 제도적 장치를 마련하였다. 1961년에 연방정부가 〈텃밭 보호와 촉진을 위한 임대료 규정〉과 지방정부의 〈클라인가르텐 조성에 관한 촉진법〉을 제정하여 법적 근거를 마련했으며, 마

침내 1983년에 〈클라인가르텐법〉을 제정하게 되었다.

현재 슈레버가르텐은 독일 모든 계층 사람들이 저렴한 비용의 임대계약으로 사용할 수 있는 공동체정원으로 자리 잡았다. 이곳은 사람이 거주하는 주거용 가옥으로 사용하지 못하도록 법으로 금하고 있으며 건물크기도 6평 정도를 넘지 못하도록 규제하고 있다. 클라인가르텐은 도시민들에게 사랑받는 여가시설인 동시에 일상생활에 지친 도시인들의 심신을 회복시켜 주는 휴식처이고, 나아가 건전한 지역 공동체 형성에도 크게 기여하고 있다. 현재는 도시계획 관점에서도 큰 의의를 지니고 있는데, 부족한 공공녹지를 보완해 주는 중요한 녹지경관자원이 되고 있다. 또한 도시의 열악한 환경조건을 크게 개선해 주는 기능, 요컨대 산소공급, 미세먼지 흡착, 도시미기후 및 공중습도 조절 등에 기여하고 있다. 아울러 클라인가르텐은 다양한 식물은 물론 새와 곤충 등 소동물의 서식지 Biotop로서의 기능도 간과할 수 없다. 이처럼 독일에서 클라인가르텐은 단순한 주말농원으로서의 여가기능뿐 아니라 지속가능한 도시발전의 전제조건이라고 할 수 있는 녹색 인프라로서의 위상을 공고히 하고 있다.

작은 것이 아름답다

"작은 것이 아름답다"라는 말은 독일 환경경제학자 에른스트 프리드리히 슈마허E. F. Schumacher, 1911-77가 1973년에 쓴 책의 제목이다. 그는 이 책에서 지역자원과 노동을 이용한 소규모 작업장을 만들자고 제안하며 더 작은 소유, 더 작은 노동단위에 기초를 둔 중간기술구조만이 세계경제의 진정한 발전을 가져올 수 있다고 주장했다. 게다가 작은 것은 자유롭고 창조적이고 효과적이며 편하고 즐겁고 영원하다고 예찬한 바 있다.

슈마허는 경제성장이 물질적인 풍요를 약속한다고 해도 그 과정에서 환경 파괴와 인간성 파괴라는 결과를 낳는다면, 성장지상주의는 맹목적인 수용의 대상이 아니라 성찰과 반성의 대상이라고 지적한다. 그는 이러한 경제구조를 진정으로 인간을 위하는 모습으로 탈바꿈시킬 수 있는 방안으로 '작은 것'을 강조한다. 인간이 자신의 행복을 위해 스스로 조절하고 통제할 수 있을 정도의 경제규모를 유지할 때 비로소 쾌적한 자연환경과 인간의 행복이 공존하는 경제구조가 확보될 수 있다는 것이다. 그는 도시규모에 대해서도 언급한 바 있는데 적정 도시규모는 인구 50만 명을 넘지 않아야 한다고 주장했다. 대도시들은 실질적인 가치를 높이기는커녕 엄청난 문제들을 야

기하고 인간을 타락시킬 뿐이라고 설파했다. 오늘날의 경제구조를 언급하면서도 많은 사람들이 거대주의gigantism라는 우상숭배로 인해 고통을 겪고 있다고도 했다.[16]

클라인가르텐은 작은 것이 아름답다는 것이 무엇인지 성찰하게 하는 매우 적절한 소재가 아닌가 생각된다. 10여 평에서 100여 평에 이르는 구획된 땅에 작은 오두막을 짓고 한쪽에는 텃밭을 일구어 안전하고 신선한 먹거리를 생산하면서 가벼운 노동을 통해 육체를 단련한다. 또 한쪽에는 좋아하는 꽃과 나무를 심어 관상하면서 정신적인 안식과 더불어 치유의 시간을 보낸다. 이 작은 공간에서 우리가 원하는 모든 것을 얻을 수는 없지만 우리들의 삶터와 일터와 쉼터가 어떠해야 하는지를 상징적으로 보여주고 있다. 작은 것은 천천히 자세히 보아야 더 아름답다.

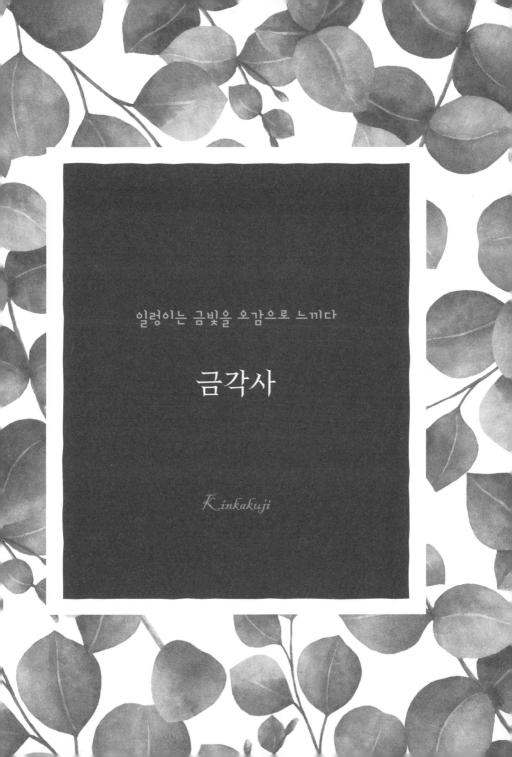

일렁이는 금빛을 오감으로 느끼다

금각사

Kinkakuji

찬란한 황금빛으로 물든
금각사 정원

　초기 일본문화가 한반도, 특히 백제로부터 적잖은 영향을 받았다는 것은 우리가 익히 알고 있는 사실이다. 이는 정원도 마찬가지다. 《일본서기日本書紀》에 의하면 612년에 백제사람 노자공路子工이 정원을 조성했다는 기록이 있는데, 이것이 정원에 관한 일본 최초의 기록이다. 아스카飛鳥, 552-645 시대의 호족 가문인 소가 씨蘇我 氏의 수장인 소가 우마코蘇我馬子의 집터에서 그 원형이 발견되어 이를 뒷받침하고 있다.

　일본이 독창적인 정원양식을 갖게 된 것은 헤이안 시대부터였다. 11세기 말에 출간된 일본 최초의 정원이론서인 《작정기作庭記》는 정원의 형태와 의장 등에 대해 상세하게 기록하고 있는데, 당시 정원양식은 불교의 영향과 더불어 나무, 바위, 물 등을 숭배하는 전통적인 종교와도 연관되어 매우 복합적인 양상을 보이고 있다.

시대별로 살펴보면 나라奈良, 710-784 시대에는 조정朝廷이나 유력한 호족 등 일부 계층에서 정원을 조성했다. 이후 헤이안平安, 794-1185 시대가 되어 외부로부터 물을 끌어들여 연못을 조성하는 야리미즈遣水 수법이 귀족의 저택에 도입되었는데 연못 위에 배를 띄워 손님을 접대하기도 했다. 헤이안 중엽부터 '불교의 흐름이 시대에 따라 변천하다'는 뜻의 말법사상末法思想이 만연하면서 정토식 정원淨土式庭園으로 발전하게 되었다. 요컨대 연못을 정토佛國로 보고 연못가에 부처를 안치하는 불당을 세운 것이다. 가마쿠라鎌倉, 1192-1333 시대에 들어서 선종禪宗이 보급되면서 물과 식물을 배제한 고산수식枯山水式이 등장하였는데 무로마치室町, 1338-1573 시대까지 이어졌다. 나아가 모모야마桃山, 1573-1603 시대에는 무로마치 시대 말부터 서서히 확립되기 시작한 다도의 영향으로 노지에 다정茶庭을 조성하기 시작했다. 에도江戸, 1603-1868 시대에도 다정이 지속적으로 조성되었고 이와 더불어 다도가 절정에 달했다. 지금 일본이 '차茶의 나라'라고 일컬어지는 계기가 되었다. 이후 메이지明治, 1868-1912 시대에 이르러서는 다양한 계층으로 정원문화가 확산하면서 각자의 취

향을 가미한 개성 있는 정원들이 등장하게 되었다.

이런 일련의 변천과정에서 형성된 다양한 양식들 가운데 금각사金閣寺는 연못을 소재로 감상하는 지천식池泉式에 해당되지만, 다정을 도입한 노지식도 여기저기 눈에 띈다. 금각사는 아시카가 요시미츠足利義滿, 1358-1408에 의해 1397년 개인별장 용도로 세워졌다. 원래 이름은 녹원사鹿苑寺(로쿠온지)였는데 로쿠온鹿苑은 요시미츠의 법명이다. 이후 스님들의 사리를 보관하는 전각으로 사용하면서 금박이 입혀져 지금의 금각사라는 이름을 얻게 되었다.

일본 전통정원은 제한된 공간에 산, 바다, 숲 등의 자연이나 특정 풍경을 이상화하여 상징적으로 표현하거나 인공적으로 축소하여 모사하는 수법이 특징이다. 정원은 아주 엄격한 형식과 정해진 규칙에 의해 조성되었으며 연못과 섬, 물길과 돌들에는 수많은 상징과 은유, 모방과 암시가 내포되어 있다. 자연석을 활용하여 정원을 꾸밀 때는 암석 간의 시각적 균형을 고려하여 한 폭의 그림과 같은 풍경이 되도록 정교하게 배치하였다. 전체적으로 계산된 균형과 조화를 유지하기 위해 경우에 따라 의도적으로 수목의 형태를 변형시키거나 생장을 억제하기도 하였다. 또한 극한의 형식미와 상징성을 추구하고 있는데 그런 점이 정원에 관한 이야깃거리를 풍성하게 해 주지만, 반면 자연성을 헤친다는 견해도 없지는 않다.

금각사는 정원이 매우 수려하지만 금색으로 입혀진 화려함 때문에 전각殿閣이 단연 화제의 중심이 되고 있다. 그렇지만 정원이 없다면 금각사 전각도 빛을 보지 못했을 것이다. 전각 바로 앞에 있는 호수 경호지鏡湖池에 비친 금빛 찬란한 전각의 모습이 오히려 실물보다 아름다울 때가 많다. 시간이나 계절변화에 따라 수면에 반영되는 금빛 전각의 풍경은 시시각각 달라진다.

이 아름다운 금각사가 1950년 방화로 모두 소실된 적이 있었다. 화재 후 교토 시민들은 물론 전 국민의 모금활동으로 1955년 복원되었다. 다행히 이전에 대보수 때 남겨진 도면이 있어 거의 원형에 가깝게 복원될 수 있었다고 한다. 실제 방화범 하야시 쇼겐林承賢은 1929년 3월 19일 교토부 마이즈루 시 근교의 나리우에 위치한 아버지가 주지로 있던 서덕사西德寺라는 자그마한 절간에서 태어났다. 불행히도 그는 선천적으로 말더듬이로 태어났고 용모 때문에 열등의식이 심했으며 어린 시절 친구들로부터 놀림의 대상이었다. 성장 후 그는 아버지의 뜻에 따라 금각사로 들어갔다. 아버지는 금각사 예찬론자였는데 금각사보다 아름다운 것은 세상에 없다고 말할 정도였다. 처음 그에게 금각사는 호기심의 대상이었지만, 때로는 질

투의 대상이 되기도 하고 자신의 처지에 빗대어 증오하기도 하였다. 이런 불완전한 심리상태를 긍정적으로 풀어내지 못한 하야시는 결국 1950년 7월 2일 새벽 화재경보기가 고장난 것을 확인하고 금각 내부로 들어가 아시카가 요시미츠 상 앞에 짚단을 쌓아놓고 불을 질렀다. 그렇게 아름다웠던 금각사도 한순간에 허무한 잿더미로 변해 버렸다. 왜 방화를 했는지에 대해서는 명쾌히 밝혀지진 않았지만, 항간에는 정신병이 원인이었다는 설과 단순히 미美에 대한 반감이 작용한 것이라고 분석하기도 했다. 이 승려의 방화사건을 모티브로 쓴 소설이 있는데, 일본 전후 문학을 대표하는 소설 중 하나인 미시마 유키오三島由紀夫, 1925-70의 《금각사》[17]라는 자기감정을 이입시킨 고백적 시사소설이다. 소설 《금각사》에서는 방화범이 '미조구치'라는 이름으로 등장하는데 소설 속에서 방화 직전에 금각사를 다음과 같이 묘사하고 있다.

환상의 금각은 어둠 속의 금각 위에 여전히 생생하게 보였다. 그것은 찬란한 빛을 감추지 않았다. 처마 끝은 연못의 반영으로 밝았으며 출렁이는 물결이 그곳에 비치며 덧없이 흔들렸다. 석양을 받거나 달빛을 받을 때 금각은 말로 형언할 수 없이 신기하게 유동하고, 날개 치는 것처럼 보였

다. 그 아름다움은 비할 바가 없었다.[18]

이 소설은 '금각'이라는 대상을 미美의 상징으로 내세우고 그 본질에 대해 겸허하게 생각하게 한다. 세상의 아름다운 것들에 대해 감각적으로 수긍한다고 하더라도 결국 자신의 내면과 외면세계가 일치되지 않는다면 그것들은 결코 위안이 되지 못하며 오히려 상대적 박탈감으로 이어질 수 있음을 시사하고 있다. 결국, 제아무리 아름다운 것도 영원한 낙원으로 이끌 만큼 절대적인 것은 존재하지 않는다는 것을 항변하고 싶었는지 모르겠다.

교토 전통정원을 보면
일본문화가 보인다

천년고도 교토는 일본인에게는 마음의 고향이고, 외국인에게는 세계에서 가장 매력적이고 가보고 싶은 곳으로 알려져 있다. 실제 영향력 있는 미국의 유명한 여행지 〈TRAVEL+LEISURE〉에 의하면 방문하고 싶은 세계도시 순위에서 교토가 2014년, 2015년 2년 연속으로 1위를 차지한 바 있다. 그에 걸맞게 교토에는 수많은 세계유산이 있고 산자수명한 풍경이 있으며 유구한 역사와 그 토대 위에 형성된 문화와 예술이 있다. 특히 교토하면 빼놓을 수 없는 것이 일본의 전통정원의 고향이라는 점이다.

교토에 산재해 있는 대부분의 전통정원들은 주로 불교사찰 내에 조성되어 있는데 선禪사상을 바탕으로 하고 있다. 선은 인도에서 시작되어 달마대사에 의해 중국에 전해졌고 이후 일본에 전해지면서 일본 특유의 선사상으로 발전하였다. 일반 사람들이 선에 대해 이해할 수 있는 것은 차茶, 좌선坐禪, 명상冥想, 사찰음식(일본에서는 정진요리精進料理라고 함) 등이 있다. 그리고 정원을 들 수 있다. 물론 한 종교의 사상을 간단히 얘기할 순 없지만, 실제 이런 요소들이 결국 선의 수행과정에서 중시되었음을 알 수 있다. 실제 선의 가르침 가운데 '몸으로 익히는 공부가 명상을 통해 얻는 것보다 백천억배百千億倍'라는 말이 있다. 요컨대 청소나 요리, 정원 가꾸기 등이 좌선이나 선문답보다 훨씬 유익하다는 뜻이다. 그런 관점에서 정원을 육체와 정신수행을 위한 최고의 소재로 생각한 것 같다. 특히 일본에서 전통정원은 정토사상과 연결되어 있는데, 정원 자체가 정토淨土, 요컨대 낙원Paradise을 상징한다. 일본 전통정원 양식은 지천식, 고산수식枯山水式, 노지식露地式 등이 대표적이다. 또

한 정원소재로는 상록교목과 관목을 비롯하여 바위, 모래, 인공 언덕, 연못, 유수流水 등이 예술적으로 사용된다. 기하학적으로 배치된 서양식 정원과는 달리 일본 정원은 전통적으로 가능한 한 인공적인 요소를 배제하여 자연친화적으로 조성하고자 했다. 한국을 대표하는 별서정원과 같은 자연풍경식 정원과 비교하면 일본 정원은 다소 인공적으로 느껴질 수 있다. 일본의 경우 아름다운 정원 조성을 위해 정원사들은 대체로 세 가지 기본원칙을 따랐는데 그것은 '규모의 축소', '사물의 상징화', '풍경의 차용' 등이다. 말하자면 산과 강의 자연경관

을 축소하여 제한된 공간에 이를 재현하였는데, 흰 모래로 바다를, 바위로 섬을, 수목으로 산을 상징화하였으며 주변 풍경을 정원의 일부로 끌어들여 차용하기도 하였다.

　일본의 선사禪寺에 조성된 대부분의 정원은 나무 한 그루, 돌멩이 하나, 거기에 부착된 이끼마저도 매일같이 관찰하며 관리한다. 서양의 궁궐정원이나 성城 등에 조성된 정원이 대칭이나 반복 등 정교한 미의 원리를 살리며 관상 가치에 무게를 두고 있다면, 일본 전통정원은 매우 상징적이면서도 실용적인 정원이라고 할 수 있다. 선의 가르침 가운데 '불립문자不立

文字'라는 말이 있다. 말하자면 사물의 본질은 말로는 다 형용할 수 없다는 뜻이다. 예를 들면 우리가 음식을 먹은 후 그 맛을 다양하게 표현해 보지만, 완벽하게 설명할 수 없는 것과 마찬가지로 그 맛을 완벽하게 이해하려면 그 음식을 직접 먹어 보는 수밖에 없다. 그래서 정원의 참맛을 느끼기 위해서는 선입견을 버리고 온몸으로 느끼는 것이 중요하다. 단순히 시각적인 즐거움뿐 아니라 우리가 가지고 있는 오감을 총동원하여 느낄 필요가 있다.

일본 정원을 구경한 적이 있는 사람들은 알겠지만, 선사정원에는 기본적으로 꽃을 식재하지 않는다. 주로 상록수를 활용한 단순미를 극대화하고 있음을 알 수 있다. 그래서 봄에서 겨울까지 풍경의 변화가 크지 않다. 요즘은 벚꽃이나 단풍 등의 화려한 정원을 많이 볼 수 있지만, 예전에는 '변하지 않는 것'에 큰 의미를 두었다. 분명히 벚꽃도 단풍도 화려하고 아름다운 것만은 사실이지만 기껏해야 며칠 못가서 변해 버린다는 점이다. "화무십일홍 권불십년花無十日紅 權不十年"이라는 말이 있다. '아무리 아름다운 꽃도 열흘 동안 붉지 못하고, 제 아무리 막강한 권력도 십 년을 넘기지 못한다'는 의미다. 영원한 것이 없는 세상살이와 인생무상을 말하고 있는 것이다. 인간의 삶도 자연의 이치와 다를 게 없다는 점에 주목한 것이다. 세상에서의 삶이 유한하다는 점에서 꽃은 순간순간 행복을 주지만, 낙원에서의 삶은 상록수와 같이 변하지 않는 행복을 준다는 염원을 담고 있는 것이다. 요즘은 주로 경제적 혹은 시간적 측면에서 효율성을 따지지만 선사정원에는 물질적 효율성을 중시한다. 그래서 어떻게 사물을 활용할 것인가에 심혈을 기울인다. 그래서 그런지 일본 정원은 사소하게 여길 만한 돌이나 나무 한 그루도 대부분 의미 부여하며 가치를 극대화하여 활용하려 한다. 이것이 일본문화로 자리 잡고 있어 평소에도

소소한 물건 하나하나에 대해 하찮게 여기지 않으며 특히 옛 것을 함부로 버리지 않는 모습을 엿볼 수 있다. 이 같은 문화는 그들의 언어에도 잘 나타나 있다. 우리말 '이야기'에 해당하는 말이 일본어로는 '모노가타리物語'다. 그들에게 '이야기'는 모노物+가타리語, 요컨대 사물에 대해 말하는 것이다. 일단 눈에 보이는 사물에 의미를 부여하며 갖가지 흥미로운 설명을 덧붙이는 것을 말한다.

선사정원의 또 다른 특징은 '사이間'라고 하는 독특한 공간 개념을 중시한다는 점이다. 완벽하게 채우는 것이 아니라 감상자를 위한 여지를 남겨두는 것이다. 마치 동양화에서 여백의 미를 추구하는 것과 유사하다. 공간과 공간 사이에 여유를 제공하여 감상자 자신이 스스로 녹아들게 하거나 상상의 여지를 남겨둔다. 이는 정원을 가꾸거나 감상하는 데 있어서 정원과 상호 교감하는 자세가 매우 중요하다는 것을 의미한다. 기본적으로 정원 자체의 아름다움도 중요하지만 그 못지않게 중요한 것이 감상자의 마음상태라는 것을 잘 말해 주고 있다.

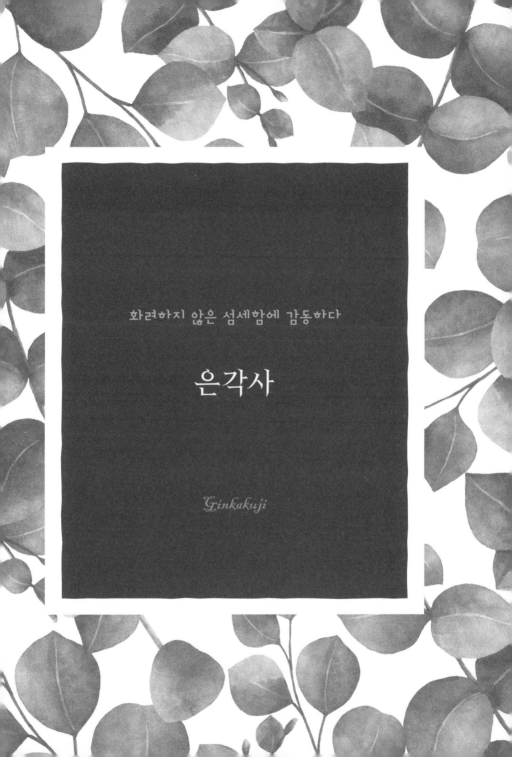

화려하지 않은 섬세함에 감동하다

은각사

Ginkakuji

일본 정원문화의 산실,
은각사 정원

    교토에는 일본을 대표할 만한 유명한 사찰들이 아주 많다. 이들은 교토 관광 활성화에 크게 기여하고 있는데, 대부분의 사찰들이 일본식 전통정원을 보유하고 있다는 점 때문이다. 그 가운데서도 특히 인기가 많은 사찰로 하나의 이름을 대면 두 개가 동시에 떠오르는 형제 같은 곳이 있다. 바로 금각사와 은각사銀閣寺다.

    금각사는 화려한 금을 도색한 건축물이 정원과 함께 독특한 풍경을 연출하면서 교토 관광의 스타로 자리매김한 지 오래다. 반면 은각사는 그다지 화려하지는 않지만 온통 건물에 마음을 빼앗긴 금각사와는 달리 차분하게 일본 정원의 진수

를 맛볼 수 있는 또 다른 매력을 지닌 곳이다. 금각사와 마찬
가지로 은각사는 정식명칭이 아니며 원래 이름은 동산 자조
사東山慈照寺였는데, 자조는 이 절을 지은 아시카가 요시마사足利
義政, 1436-90의 법명이다.

　이 사찰은 원래 실정室町(무로마치) 막부幕府의 8대 장군 요시
마사의 은거隱居장소로 1482년에 지어졌으나 사후 선종사원으
로 전환되었다. 요시마사는 금각을 건립한 요시미츠의 손자
다. 요시마사가 29세 되던 해인 1464년, 아직 후사가 없던 요

시마사는 승려로 수도하던 세살 연하의 동생 요시미義視를 후계자로 세우게 된다. 그런데 그 다음해 아들 요시히사義尙를 낳게 된다. 결국 동생과 아들의 지지자들 사이에서 갈등이 고조되어 결국 큰 싸움으로 발전하게 된다. 이를 '오닌應仁의 난亂'이라고 하며 아시카가 막부의 권위가 땅에 떨어지는 결과를 가져오게 된다. 이 난에서 교토는 상당한 피해를 입게 되는데 요시마사는 난을 피해 은각사에 들어와 있었다고 한다.[19]

이 절은 입구가 특이하다. '동산 자조사'라고 쓰인 작은 현판이 있는 문을 들어서면 오른쪽 방향으로 긴 참배로가 조성되어 있다. 참배로의 담이 매우 인상적인데 아래쪽은 돌담이지만 위쪽은 짜임새 있는 대나무 울타리와 산다화 산울타리가 긴 회랑을 형성하고 있다. 전체적으로 강한 가지치기로 인위적인 느낌이 강한데 직선이 주는 정연整然함이 돋보이는 독특한 길이다.

은각사 내부로 들어서면 비로소 발걸음이 저절로 느려지게 된다. 일본 정원의 매력 가운데 하나인 섬세한 선線의 향연이 펼쳐지기 때문이다. 어디선가 한 번 쯤 보았을 법한 풍경의 아름다움을 그들 특유의 조형미를 가미시켜 극대화하고 있다. 맨 먼저 눈길을 사로잡은 것은 동구당東求堂으로 그 앞에 있는 모래탑은 달빛이 반사되도록 만든 구조물이라 하여 향월대向月

台라고 부른다. 넓게 펼쳐진 모래정원은 '은모래 여울'이라는 뜻의 은사탄銀沙灘이라고 하는데 모래사장의 무늬는 물결모양으로 해안풍경을 묘사한 것이다. 모래로 표현할 수 있는 최고의 절경이라는 찬사를 받고 있는데 은사탄은 약 65㎝, 향월대는 약 180㎝의 높이로 조성되어 있다. 이것은 일본의 독특한 고산수정원枯山水庭園의 표현기법 가운데 하나인데 전체적으로 보면 이 정원은 고산수양식은 아니다. 해안이나 강가에서 보던 모래를 훌륭한 정원의 소재로 활용하고 있는 것도 놀랍지만, 이슬비가 내리고 있음에도 불구하고 전혀 모래가 흘러내리지 않는 점도 신기했다. 자연의 아름다움은 물론 인간의 능력을 어필하고 싶은 의도가 엿보이는 작품이다.

다음은 정원의 중심에 위치해 있는 연못 금경지金境地가 있고 연못과 정원을 조망하듯 서 있는 '은각銀閣'이라는 소박한 건물이 눈에 들어온다. 보기에는 평범한 건물처럼 보이지만, 1489년에 지어진 것으로 일본의 〈고사찰보전법〉에 따라 국보(1900년)로 지정되었다. 은각사 정원은 사찰이나 사원이라기보다는 귀족이나 선비들의 은거별장 정도로 느껴진다. 은각사로 진입하는 참배로나 정원 여기저기로 연결되는 원로園路, 그리고 동산 경사지로 이어지는 산책로 등이 사색하며 걷기에는 안성맞춤이다. 그도 그럴 것이 은각사 정원은 당초 별장기능과 소수의 지인들과의 교류장소로 활용되었다고 한다.

　일본에서는 은각사 정원을 서원조정원書院造庭園 양식으로 분류하고 있는데 이는 건물과 정원과의 상호 조망관계, 그리고 산책로 주변 풍경 등을 중시한 것이 특징이다. 이것은 헤이안 시대에 유행했던 침전조정원寢殿造庭園 양식과 다르고 또 선종 사원에서 흔히 볼 수 있는 고산수정원枯山水庭園과도 차이가 있다. 침전조정원은 제례나 의식을 거행하기 위한 건축이 중심이었고 거기에 부수적으로 정원이 조성된 개념이다. 또 고산수정원은 대자연의 풍경을 축소하여 상징적으로 표현한 양식이다. 굳이 이들 정원과 비교하자면 서원조정원은 일상생활에 가장 잘 어울리는 정원이라고 할 수 있다. 이처럼 실정시대를 대표하는 정원으로 자리매김하고 있는 은각사는 정원 소유주의 개인취향이 깊게 반영된 사례라고 할 수 있다. 흔히 은각이라고 불리는 관음전觀音殿을 세울 때 아시카가 요시마사는 조부 아시카가 요시미츠의 금각을 의식해서 은으로 건물장식을 생각했던 것으로 알려지고 있으나 그가 일찍 사망해서인지 실제로 이루어지지는 않았다.

　금각사를 중심으로 한 요시미츠 시대를 '북산北山문화'라고 하고 은각사를 중심으로 한 요시마사 시대를 '동산東山문화'라고 한다. 그만큼 이 무렵 선종사상, 차茶와 예술 등이 크게 발

달하여 사회 전반적으로 문화적 영향력이 매우 컸다는 것을
의미한다. 특히 은각사 본당 옆에는 일본의 국보인 동구당東求
堂이 있는데 이 건물에는 다실茶室의 시초로 일컬어지는 두어
평 남짓의 자그마한 동인제同仁齋가 그것을 잘 말해 주고 있다.
그런 의미에서 은각사 정원은 교토 정원문화, 나아가 일본 정
원문화의 산실이었다고 할 수 있다.

자연색으로 채색한 정원,
아름다움의 본질을 말하다

    은사탄과 연못을 뒤로 하고 이어진 동산 산책로는 여느 정
원에서 볼 수 없는 독보적인 매력을 지니고 있다. 산책길 주
변이 푸른 양탄자가 깔린 것처럼 온통 각종 이끼로 지면을 덮
고 있어 풍경의 깊이를 한층 더해 준다. 뿐만 아니라 조금 더

높은 곳으로 올라가면 은각을 비롯한 동구당, 은사탄 등 정원 전체를 한눈에 내려다볼 수 있는 조망의 기쁨도 만끽할 수 있다. 아래에서는 전혀 느낄 수 없었던 또 다른 매력이 있다. 은색銀色을 찾아볼 수 없는 은각사가 왠지 미완의 정원처럼 느껴지는데 높은 곳에서 내려다보는 동안 생각이 바뀐다. 은각의 지붕과 은사탄의 모래 그리고 연못의 물빛 등은 이미 기품 있는 은색으로 반짝거리고 있다.

은각사 정원을 느긋하게 감상하다 보면 섬세한 디자인이 주는 아름다움이 얼마나 사람의 감성을 자극할 수 있는지 알게 된다. 또 자연이 얼마나 많은 아름다운 요소를 지니고 있는지도 새삼 깨닫게 된다. 인간은 자연의 아름다운 요소들을 차용借用하여 각각 정원이라는 이름으로 자랑스럽게 선보인다. 하지만 제아무리 아름다운 정원도 그저 원풍경인 자연을 표절한 것이라는 생각이 든다. 너그럽게 봐 준다 해도 각색이나 편집한 것에 불과하다. 우리가 아름다운 정원을 보고 감탄하고 예찬하는 것은 정원을 조성한 사람의 심미안審美眼에 대한 예의를 갖춘다는 의미에서 당연하다고 생각되지만, 그 본질적인 지적 재산권은 자연의 창조자에 있음을 간과해서는 안 될 것 같다.

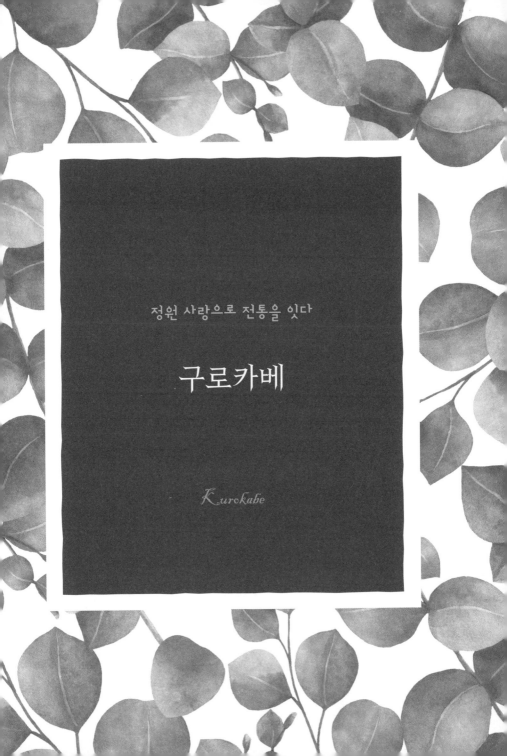

정원 사랑으로 전통을 잇다

구로카베

Kurokabe

도시재생으로 활력을 되찾은
나가하마 구로카베

　일본에서 가장 큰 호수인 비와호琵琶湖 인근에는 나가하마라
는 도시가 있는데 인구 약 8만 명 정도가 살고 있다. 시가현에
위치해 있는 나가하마 구로카베黑壁는 일본에서 가장 매력적인
마을 가운데 하나로 유명한데, 〈니혼게이자이 신문日経新聞〉이
전문가를 대상으로 실시한 설문조사에서 1998년과 2001년에
'매력적인 마을' 1위를 차지한 바 있다. 구로카베는 도시가 보
유하고 있는 자연, 역사, 전통 등의 지역자원에 주목하고 그것
들을 섬세하게 활용하여 시가지 가꾸는 일을 체계적으로 추진
해 왔다. 도시에 문화와 예술을 접목하고, 아름다운 가로경관
을 연출하기 위해 정원개념을 도입한 것이 주목받고 있고 전

반적으로 매력적인 시가지라는 평가를 받고 있다.

나가하마는 1574년 임진왜란과 정유재란을 일으킨 도요토미 히데요시豊臣秀吉, 1536-98 시대에 만들어진 계획도시다. 평범한 작은 도시가 전통과 자연에서 모티브를 찾아내 매력을 이끌어냄으로써 하루 평균 7000여 명이 찾는 명품마을로 도시재생에 성공한 점에 주목하게 한다. 나가하마의 중심가로인 구로카베는 1970년대 초반에 시작된 교외지역 개발로 인해 대형 마트나 건물들이 신개발지로 빠져나가면서 1980년대에 들어서 사람들의 발길이 끊어져 위기에 직면했었다. 이에 따라 상점들은 하나둘씩 문을 닫게 되었고 점차 죽음의 거리로 변하고 있었다. 이에 나가하마시, 상공회의소, 상가주민들, 그리고 나가하마의 젊은 경영자들이 활동하고 있는 청년회의소 회원들이 주축이 되어 대책위원회를 구성하였다. 그렇게 만들어진 '21시민회의'를 중심으로 400년 전통의 '히키야마 마츠리曳山祭'라는 전통축제를 지키기 위해서라도 기존 중심가를 지켜야 한다는 의지를 표명하며 마을 가꾸기 운동을 시작하게 된 것이다.[20]

이를 실천하기 위해 1983년경부터 역사와 문화 등을 복합적으로 활용한 매력 있는 마을 가꾸기를 위한 '제4대 활성화 계획'을 수립했는데, 첫 번째는 인구증가를 목적으로 한 공장

과 학교 유치, 두 번째는 체류형 관광도시를 위한 호텔 유치,
세 번째는 민간에서 투자할 수 있는 도시기반 조성, 네 번째는
중심상가 활성화를 위한 문화와 예술의 도입 및 가로경관 가
꾸기 등이다. 그 가운데 네 번째인 중심시가지 활성화 일환으
로 시작된 구로카베(주) 설립이 촉진제가 되었는데 국제성, 역
사성, 문화예술성 등을 기치로 내세워 당시 생소했던 유럽 유
리공예를 들여와 특화사업으로 추진하였다. 이를 위해 당시
'구로카베 은행'이라는 애칭으로 불리던 1900년에 세워진 흑

벽구조 서양식 건물인 다이햐쿠산주 은행第百三十銀行 나가하마 지점을 보존하여 유리박물관으로 재생시켰다. 1989년 문을 열어 유리공예산업을 활성화하기 위한 거점으로 활용한 것이다. 아울러 주변 빈 점포를 복원·재생하여 선물용 유리제품 상점이나 유리공예체험관, 미술관으로 바꾸는 등 여성의 감수성을 자극하는 사업을 꾸준히 추진하며 일대변화를 시도하였다. 지역민들은 나가하마 성 주변의 마을이야기를 스토리텔링으로 풀어내고 300-400년 된 2층짜리 목조건물을 재단장해 지역을

기반으로 한 수제공예품 판매점이나 숙박업소 등으로 사용하기도 하였다. 이를 계기로 구도심에서는 에도 시대와 메이지 시대의 전통건축물을 재생하여 활용하는 일이 전반적으로 확산되었다. 또 관광객을 배려하여 보행에 편리한 가로환경을 조성하거나 옥외광고물, 건물전면부Facade 경관, 편의시설 등에 대한 정비도 이루어졌는데, 가장 돋보이는 것은 지역의 전통 가운데 하나인 일본 정원을 모티브로 하여 정원 가꾸기 운동을 전개했다는 점을 들 수 있다.

기존의 일본 전통정원과 더불어 주택에 조성한 개인 정원을 개방하여 관광자원으로 활용하였다. 뿐만 아니라 레스토랑이나 카페에 정원개념을 도입하여 식도락과 더불어 창문 밖의 정원을 감상하도록 하는 것이다. 이와 같은 정원 가꾸기는 전체적으로 시가지 경관을 바꿔놓았는데 주민들의 삶의 질 향상은 물론 관광객들에게도 큰 매력적인 요소가 되고 있다. 무엇보다 나가하마 구로카베 마을 활성화에 있어서 간과할 수 없는 것이 있는데 바로 다양한 주체 간의 연계라고 할 수 있다. 민간기업과 시가 공동출자하여 협력 시스템을 갖춘 구로카베 ㈜는 합작법인으로 '구로카베그룹'이라는 지역 브랜드를 만들어 공동으로 점포를 운영하고 있다. 비영리단체NPO: Non-Profit Organization 법인인 마을 가꾸기 사무국이 정보센터 기능을 함과 동시에 주민과 기업, 지자체 등을 연결하는 소통의 창구역할을 하면서 각 주체 간의 연대가 한층 강화되었다. 기존의 전통, 문화, 자연 등 지역 잠재력과 새로운 유리공예산업을 연계하여 관광 상품화하고, 구로카베 건물을 상징화하고 자연과 전통이라는 개념을 모티브로 하여 주민과 기업이 힘을 모아 마을을 활성화한 점은 되새겨 볼 만하다. 자연과 전통과 문화를 시가지에 접목시킨 마을만들기는 특별히 새로운 개념은 아니다. 하지만 다양한 주체가 힘을 합하여 실천하고 있다는 점에 주목할 필요가 있다. 요컨대 지속가능한 개발, 문화가 배어 있는 도시, 슬로시티 등 구호만 요란한 도시재생이나 마을 가꾸기가 아니라 지역의 정체성을 살려 가며 주민과 관광객 모두 만족시키는 길을 모색한 점은 눈여겨볼 만한 좋은 사례라고 할 수 있다.

나가하마가 도시재생수법으로
활용한 정원·경관 가꾸기

나가하마의 도시재생수법 특징 가운데 하나는 기존의 향토자산인 정원자원을 효과적으로 활용하고 이를 모티브로 하여

실제 정원 디자인을 시가지에 적용하여 획기적으로 경관을 개선했다는 점이다. 나가하마가 정원 디자인 개념을 도입하여 시가지 재생을 추진한 것은 결코 우연이 아니다.

나가하마는 일찍이 일본에서 내로라하는 훌륭한 전통정원사들을 다수 배출한 고장이다. 고보리 엔주小堀遠州, 1579-1647, 츠지 소한辻宗範, 1785-1840, 가츠모토 돈게츠勝元宗益, 1810-89, 오카와 지헤에小川治兵衛, 1860-1933, 후세 우키치布施宇吉, 1867-1938 등을 들 수 있다. 이렇게 작은 도시에서 다수의 명성 있는 정원사들이 활약한 것은 극히 이례적인 일이다. 그만큼 나가하마는 정원사들이 영감을 얻기에 양호한 환경을 갖추고 있었고, 또 지역 주민들이 정원을 사랑하는 마음이 남달랐다고 할 수 있다.

나가하마 시는 2009년 원도심(읍성)의 주택과 상점들을 조사한 결과 520호가 정원을 보유한 것으로 조사되었는데 절반은 일본 정원이고 나머지 절반은 서양식 정원으로 나타났다. 서양식 정원의 경우도 석등, 돌확 등 일본의 전통정원요소를 도입하고 있어 일종의 퓨전정원으로 디자인되어 있는 것으로 파악되었다. 나가하마 시는 도시화 과정에서 격자형 시가지 개발이 진행되는 가운데서도 물길은 곡선을 유지하도록 선형을 크게 바꾸지 않은 것이 특징이며 전체적으로 녹지경관, 수변경관, 정원 등이 어우러져 양호한 경관을 형성하도록 배려하

고 있다. 주택이나 상점의 내부 정원뿐 아니라 외부 통행인을 배려한 시가지, 골목길, 건물 주변의 정원 디자인으로 쾌적하고 아름다운 가로경관을 연출하고 있다. 기존의 일본 전통정원인 게이운간慶雲館, 다이츠지大通寺 등 국가지정 명승정원과 고택 명품정원인 안도주택정원安藤家庭園 등과 연계하여 관광자원으로 활용하고 있다. 나가하마 구로카베는 전통마을 활성화라는 좁은 의미로 시작한 것이 아니라 도시의 생존이 걸린 중요한 사안으로 인식하고 지자체와 주민, 지역기업 등이 함께 협력하여 성과를 낸 대표적인 사례라고 할 수 있다. 나가하마 구로카베의 활성화는 전통, 여성, 디자인, 정원 등의 키워드로 설명할 수 있는데 이는 '온고이지신溫故而知新'이라는 말처럼 전통에서 모티브를 찾고 변화를 두려워하지 않은 데에서 성공의 요인을 찾을 수 있을 것 같다.

마을 정원, 고집으로 지켜내다

츠마고

Tumago

정원 가꾸기로 전통을 지켜 가고 있는
츠마고 마을

　에도 시대에 에도(지금의 도쿄)와 교토를 연결하는 길이 있었는데 바로 '나카센도(中山道 혹은 中仙道)라는 우편수송로였다. 이 도로는 현재 도쿄의 중심지에 위치한 니혼바시에서 일본 중부 내륙 축을 경유하여 옛 수도였던 교토의 산조오하시까지 왕래하던 주요 간선도로였다. 나카센도는 전체거리가 530㎞에 달하며, 그 사이에 69개의 역참마을이 있었다고 한다.

　츠마고妻籠宿는 나카센도에 있는 역참마을 중 마흔두 번째 마을로 도로변에 여관과 상점, 마구간 등 280여 채의 목조건물이 다닥다닥 붙어 있다. 전선줄이나 현대식 건물이 없어 영화나 사극 촬영지로 인기가 높은 곳이다. 역참이란 원래 공무를

수행하기 위해 설치한 교통·통신기관으로서 숙식을 제공하고 손님을 접대하기 위해 각 고을에 둔 일종의 객사客舍를 일컫는다. 옛날에는 주요 교통수단이 말馬이었으므로 지친 말이 쉬어갈 수 있도록 일정 거리마다 숙소나 쉼터 등을 마련하여 정거장 같은 역할을 한 것이다. 오랜 세월이 지나면서 많은 여관마을이 사라지거나 훼손되었지만 츠마고는 마을주민들의 고집스러운 노력으로 400년 넘게 옛 모습을 온전히 지켜 왔다.

이 전통마을에는 언젠가부터 전해 내려오는 일종의 신조信條 같은 것이 있다. 다름 아닌 '팔지 않고, 빌려 주지 않으며, 부수지 않는다'라는 마을을 지키기 위한 3대원칙이다. 이 원칙은 유명한 슬로건처럼 전해 내려오고 있는데, 사실 이 마을뿐 아니라 대부분의 전통마을에 적용되고 있는 불문율 같은 것이 되고 있다. 그만큼 전통을 보존하려는 일본사람들의 의지를 읽을 수 있는 대목이다. 츠마고 주민들은 1971년 '주민헌장'을 제정하고, 건물보존과 관광객을 위한 서비스를 제공하기 위해 다양한 위원회를 만들어 운영해 왔다. 특히, 건물을 수리할 경우에는 매월 20일에 열리는 '통제위원회'의 회의를 거쳐 승인을 얻어야만 가능하도록 했다. 이런 점이 인정받아 일본 정부는 1976년 첫 번째로 츠마고 마을을 보존지구로 지정했는데 마을뿐만 아니라 주변부까지 포함시킨 점이 눈길을 끈다. 마을 운영비는 행정기관에서 전혀 지원을 받지 않으며, 주차료, 입장료 수입 등으로 자체 충당하고 있다. 연간 40만-50만 명이 방문하는데, 이 중 외국인이 50% 이상을 차지하고 있다. 마을 전체가 보행자 우선지역으로 차는 반드시 주차장에 주차하고 이동해야 한다. 마을로 들어올 수 있는 차량은 제한되어 있는데 특별한 업무(우편배달 등)를 수행하는 차량만 허용하고 있어 골목길에 주차되어 있는 차량은 거의 볼 수 없다. 나카센도 츠마고주쿠에서 마고메주쿠까지 두 역참마을 사이는 약 7.7km 거리인데 이를 매력 있는 트레킹코스로 홍보하고 있다.

츠마고는 마을 전체 경관은 물론이고 소소한 간판, 음수전, 장식물 하나까지 조화를 이루도록 가꾸고 있다. 1970년에 일본 문화청과 유네스코 일본 국내 위원회가 공동 개최한 교토, 나라奈良 전통문화보존 심포지엄에서 역사지역의 보존과 개발에 관하여 종합토론을 벌인 결과, 그와 관련한 제도화를 권고하였다. 이후 문화청이 구체적으로 역사적 취락경관의 보존대책을 검토하여 1972년에 취락경관 보존대책협의회를 만들고 1973년부터 하기, 다카야마 등의 마을경관 보존대책을 시작하면서 본격적으로 전통마을에 대한 경관보존이 주목받게 되었다. 경관 및 자연환경 관련 조례를 중심으로 한 역사적 취락경

관에 대한 시책은 1972년 문화청에 의한 '취락경관 보존대책협의회' 등을 시작으로, 1975년에는 〈문화재보호법〉, 〈도시계획법〉 개정을 통해 전통적 건조물군 보존지구제도 제정으로 연결되었다. 이는 점적 건조물 등의 보존에서 면적 취락경관 보존으로 연결되는 획기적인 제도였다. 이후 2004년 〈경관법〉이 제정되었는데 이때부터 입체적인 경관이나 섬세한 디자인, 식물자원의 활용 등에 관심을 갖게 되었다. 법이나 제도 등을 통해 기본적인 건조물의 틀을 보존하는 것은 가능하지만 실제로 살아 있는 풍경의 매력을 이끌어내기 위해서는 식물의 힘이 크게 기여한다는 사실을 인식하게 되었다. 그래서 주변 자연환경 보존을 비롯하여 화분장식, 정원 가꾸기 등을 실제 생활에서 실천할 수 있도록 역점사업으로 추진하였다.

마을경관의 매력을 향상시키기 위해 가장 기본적으로 마을이 가지고 있는 자연성, 전통성 등에서 모티브를 가져오고 있다. 요컨대 자연자원(물, 돌, 식물 등)과 인문자원(고택, 인물, 역사적 스토리 등)을 경관 자원화하는 전략으로 추진하고 있다. 마을경관의 주인공은 전통가옥이고 안내판, 간판, 가로등, 돌확, 화분 등은 경관을 돕는 조연들이므로 과하지 않도록 하며 전체적인 조화를 도모하도록 노력하고 있는 것을 엿볼 수 있다. 츠마고 전통마을은 기존의 박제식 전통문화 보존방식에서

벗어나 식물을 활용한 정원개념을 시도하여 마을 가꾸기 정책
의 획기적인 전환점을 마련하였다.

"마을이 세계를 구한다"

이 말은 일찍이 마하트마 간디Mohandas Karamchand Gandhi, 1869-1948
가 한 말이다. 물론 마을의 전통문화를 지키자는 단순한 차원
에서 한 이야기는 아니다. 서구의 시스템이 어느 나라에 적용
해도 될 만큼 만능은 아니라는 점과 경제성, 효율성 등에 치중
한 나머지 정작 소중한 것들을 놓칠 수 있다는 취지에서 시작
한 이야기다. 특히 자국의 상황에 비추어 설명하고 있는데 요
컨대 그는 '세계는 두 부류의 사상이 있다'고 전제한다. 하나
는 세계를 도시들로 나누려는 것이고, 다른 하나는 마을들로
나누려는 것이다. 도시는 기계와 산업화에 의존하고 마을은
수공업에 의존한다. 그는 후자를 선택한다고 했다. 결국 간디
는 산업화와 대규모 생산은 풍요로움을 가져다주었는지는 모
르지만 빈부의 격차를 심화시켰고, 인류에게 행복을 가져다주
었는지 의문이라고 여기며 오히려 세계대전을 가져왔고 전쟁
의 위협은 여전히 존재한다고 설파한 바 있다.[21]

역사학자 아놀드 토인비Arnold Toynbee, 1889-1975도 서구의 기술발달은 골목길을 없애버렸고 동시에 인간의 손에 인류마저 없애버릴 수 있는 무기를 쥐어 주었다고 말한 바 있다. 고작 마을을 얘기하면서 굳이 이렇게까지 비약할 필요가 있을까라고 생각할지도 모르겠다. 하지만 현실은 그들의 주장에 귀를 기울이게 할 만큼 우려를 낳고 있는 것이 사실이다.

마을은 우리의 가장 기초적인 사회공동체라고 할 수 있는데 여기에 소홀하게 되면 더 큰 도시에서 공동체문화를 이어가기는 더욱 쉽지 않을 것이다. 공동체는 경제적인 것만으로 이룰 수 있는 것이 아니고 과학이나 기술로 해결할 수 있는 문제도 아니다. 인공지능AI, 제4차 산업혁명 등 거대한 흐름에 맞서 정원이라는 소소한 테마를 통해 마을을 아름답게 가꾸자는 이야기는 다소 무모하게 들릴지도 모르겠다. 하지만 정원은 그것을 가꾸는 과정에서 사람들과의 유대관계를 형성할 수 있고 마을과 도시를 아름답게 하는 주효한 대안이 될 수 있다. 무엇보다 지속가능하고 실천 가능한 수단이라는 점에서 매력적인 요소라는 점에 주목할 필요가 있다. 그런 점에서 마을은 정원 가꾸기나 지역공동체 만들기의 출발점이 되어야 하지 않을까. 마을이 살아야 도시가 살고, 도시가 살아야 나라가 유지될 것이고 궁극적으로 세계를 구할 수 있을 것이다.

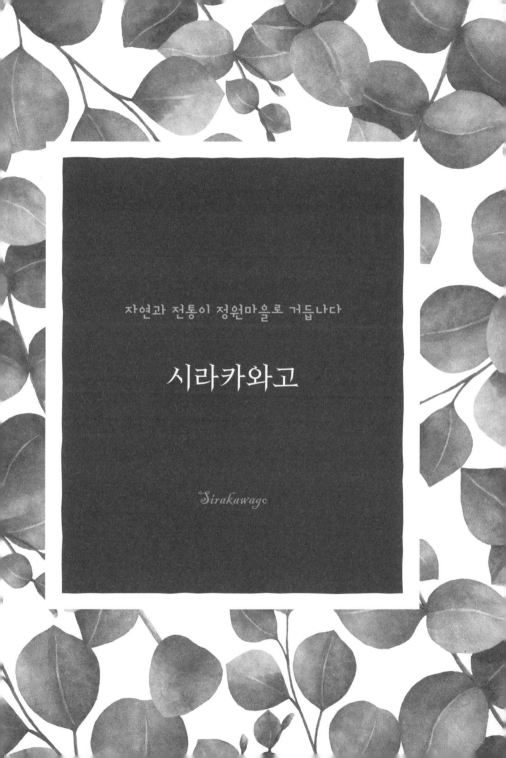

자연과 전통이 정원마을로 거듭나다

시라카와고

Sirakawago

자연과 전통이 어우러진 시라카와고 오기마을, '정원마을'로 거듭나다

일본 호쿠리쿠 지방의 험한 산들 사이로 흐르는 쇼가와 강 옆으로 특이한 지붕모양을 하며 옹기종기 모여 있는 전통마을 이 눈길을 사로잡는다. 기후현 도야마 시라카와고白川郷 오기 마을荻町이다. 이 마을은 오랫동안 외부세계와 단절된 산간지 대에 자리 잡고 있는데 이곳 주민들은 주로 뽕나무 재배와 양 잠업을 하며 생활해 왔다. 평범한 이 마을이 유명해진 것은 합 장가옥合掌家屋 스타일의 마을풍경 덕분이다.

합장가옥이란 많은 눈과 험한 기후에 견디기 위해 만들어 진 삼각형의 지붕모양이 마치 손바닥을 합장한 것과 흡사하여 붙여진 이름이다. 두툼한 지붕모양을 한 초가집은 눈이 많이 내리는 지역 풍토가 만들어낸 것으로 일본 내에서도 이채롭게 여길 정도로 독특하고 아름다운 경관을 연출하고 있다. 지붕 구조는 두 개의 목재를 역V자 모양으로 마주대어 지붕각도를 60도로 만들었다. 눈이 많이 내리기로 유명한 이 지역에서 쌓인 눈이 쉽게 흘러내리도록 고안된 독특한 구조다. 이 초가집들에서는 지금도 사람들이 실제 생활하고 있는데 마을을 체계적으로 관리하면서 마을을 방문하는 관광객들에게 각종 서비스를 제공하고 있다. 뿐만 아니라 주변 관광시설과 연계하여 이벤트를 개최하는 등 전통마을을 자원화하기 위해 세심한 노력을 기울이고 있다.

이런 마을풍경은 구경하는 사람 입장에서는 좋은 볼거리이지만 여기에 사는 사람은 지붕교체나 가옥관리 등 불편하기 이를 데 없는 노릇이었다. 게다가 산업화·농촌공동화 등의 외부적인 영향이 더해지면서 이 마을은 위기에 직면하기도 했었다. 이에 지역주민들 사이에서 합장가옥 보존의 필요성이 대두되었고 합장가옥 소유자 60여 명에 의해 1968년에 '시라카와고 합장가옥 보존조합'이 설립되어 1969년 일본 내셔널트러스트의 보조금을 받아 우선 지붕교체작업을 추진하게 되었다. 이어서 1971년 12월에 전통취락경관 보존을 위해 주민 전원으로 구성된 조직인 '시라카와고 오기마을 자연환경존회'를

발족하였는데, 이 보존회는 합장가옥 전반에 관한 보존, 관리 등의 역할을 담당하고 있다. 현재는 보존회, 주민, 행정 등 세 주체가 하나가 되어 마을 가꾸기를 추진하고 있다.

이 마을이 인상적인 것은 민속촌 같은 방식으로 단지 보존에 초점을 맞춘 것이 아니라 실제 생활하면서 문화관광자원으로 활용하는 방식을 채택하고 있다는 점이다. 이를 효율적으로 보존하면서 경제적으로 자립할 수 있는 방안을 모색한 결과, 마을 전체를 하나의 정원처럼 가꾸자는 계획을 수립한 것

이다. 마을의 농지와 개울, 나무와 풀, 그리고 평소에 눈길도 주지 않던 농촌의 구조물들 하나하나가 모두 정원의 훌륭한 구성요소로 탈바꿈한 것이다. 덕분에 공동우물터, 돌확, 물레방아, 구유 등은 요소요소에서 볼거리로 제공되면서 멋진 정원의 소품으로 거듭나게 되었다. 마을주민들은 주먹구구식으로 이 마을을 지켜낼 수 없다고 생각하여 마을 보존회를 만들어 체계적인 보존활동을 전개한 것이다.

시라카와고 보존회는 아름다운 오기마을의 자연환경을 지

키기 위해 지역 내의 핵심자원인 합장가옥, 대지, 농경지, 산림 등을 외지인에게 '팔지 않고, 빌려주지 않으며, 부수지 않는다'는 3대 원칙을 고수하기로 합의하였다. 게다가 이 원칙이 지속적으로 유지될 수 있도록 구체적인 실천 프로그램을 마련하였는데, 첫 번째는 자연환경 보존이다. 이를 위해 건물의 정비 및 신개축 등에 사용되는 색채는 흑색이나 흑갈색 계통으로 하고, 환경에 어울리지 않은 간판이나 광고물 등은 게시하지 않도록 하는 것이다. 또 취락 주변의 야산에 있는 수목 등은 가능한 한 자르지 않도록 하고 합장가옥을 훼손하지 않도록 하며, 건물이나 기타시설은 신규로 세우지 않으며 쓰레기 없는 아름다운 마을이 되도록 실천하기로 하였다. 두 번째는 합장가옥 보존이다. 이를 위해 합장가옥 소유자는 합장가옥이 소중한 문화재임을 인식하고 생활의 불편을 감수하고 보존에 힘쓴다는 것이다. 그리고 전체 주민은 합장가옥이 오기마을의 보물이라는 점을 인식하고 보존에 적극 협조하며 특히 화재에 취약하므로 화재예방에 최선을 다하기로 하였다. 세 번째는 전통문화 보존이다. 이를 위해 지역의 풍토에 기반을 둔 전통문화를 지속적으로 보존 및 계승하도록 노력한다는 것에 뜻을 모았다. 시라카와고 오기마을을 걷다 보면 마을 풍경이 하나의 정원처럼 느껴진다. 전통가옥은 예쁜 조형물

이 되고 논과 밭은 자수화단이 되며 시냇물은 실핏줄처럼 졸
졸졸 흐르며 마을 이곳저곳에 활력을 불어넣어 준다. 농로는
정원 산책로가 되고 골목길을 걷다 보면 집집마다 오래된 노
거수와 다양한 꽃들이 다정다감한 표정을 연출하며 반갑게 맞
이해 준다. 이 마을에서는 그저 보고 걷는 것만으로도 휴식이
되고 저절로 치유가 되는 느낌이다.

전통계승과 마을 활성화에
주민이 팔을 걷고 나섰다

오랜 세월동안 반복된 풍화를 통해 다듬어진 고즈넉한 풍
경과 겹겹이 쌓인 유서 깊은 스토리를 담고 있는 자원을 흔히
전통자원 혹은 시간자원이라고 한다. 시간이 만들어낸 것들은
사람이 어떻게 활용하느냐에 따라 아름다움으로 축적될 수도
있고 그저 볼품없는 낡은 것에 불과할 수도 있다. 그동안 산업
화, 도시화 과정에서 소홀히 여겨졌던 이런 자원들에 관심을
가져볼 때다. 다행히 도시재생이 주요 이슈로 떠오르면서 이
런 시간자원들에 대해 관심을 기울이는 것은 퍽이나 다행스런
일이다. 하지만 전통자원을 계승하는 방법에 대한 생각은 제

각각이다. 거침없이 새로운 것으로 갈아치우거나 그저 있는 그대로 박제처럼 보존하는 것에 익숙한 것이 아닌가 생각된다. 시라카와고 오기마을 사람들은 우리들에게 어떤 것이 옳은지 묻고 또 직접 답을 하고 있다.

1970년대에 들어서면서 관광객의 급증과 동시에 상업종사자들의 과도한 옥외광고물, 자동판매기 등의 설치가 경쟁적으로 이루어지면서 마을경관을 훼손하게 되었다. 이에 옥외광고물의 범람을 막기 위해 주민들 스스로 팔을 걷고 나서기 시작했다. 먼저 1971년에 '시라카와고 오기마을 자연환경존회'를 설립하고 '오기마을 자연환경보존을 위한 헌장'을 마련하였다. 이어 1975년에는 '시라카와 교육위원회'를 개설하여 〈오기마을 전통건조물군 보존지구 조사보고서〉를 작성하였다. 또 1976년 시라카와무라 차원에서 〈오기마을 전통건조물군 보존지구 보존조례〉 제정과 더불어 〈오기마을 전통건조물군 보존지구 보존계획(1994년 개정)〉을 수립하였다. 그리고 1999년에는 마을경관을 보존하기 위해 구체적으로 '경관보존 기준 가이드라인'을 마련하여 체계적으로 관리하고 있다.

이들은 일찍부터 마을을 지키고 아름답게 하기 위한 노력들을 지속적으로 전개해 왔다. 이 마을사람들은 실제 생활 속에서 전통을 계승하는 방법을 몸소 보여주고 있는 것이다. 합

장가옥이라는 독특한 가옥형태를 보존하는 것을 시작으로 이
와 조화되도록 하는 일련의 경관정책이 돋보이는데, 옥외광
고물, 수자원, 농경지, 산림자원 등을 체계적으로 관리하고 있
다. 또 지속 가능한 보존을 위해 농업 외 소득이라는 점에 주
목하고 관광산업과 접목하여 이를 효과적으로 운영하기 위해
상업화가 불가피하다는 점을 인식하였다. 그래서 바꿔야 할
것과 바꿔서는 안 될 것을 명확히 하여 마을에 맞는 원칙을 정
하고 이를 흔들림 없이 추진해 왔다는 점에 주목하게 된다. 덕
분에 지금 이 마을은 세계유산으로 지정되어 일본을 대표하는
전통마을로서 위상을 굳건히 하고 있다.

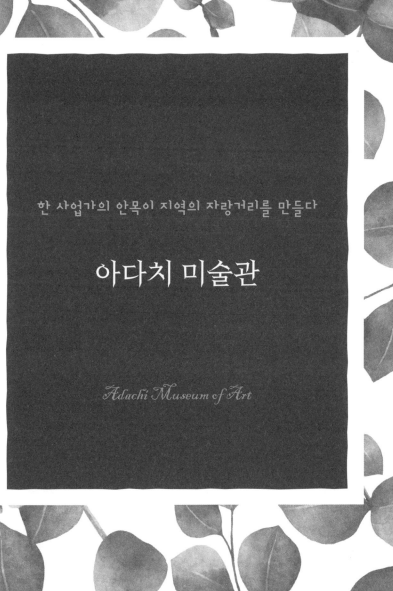

한 사업가의 안목이 지역의 자랑거리를 만들다

아다치 미술관

Adachi Museum of Art

일본에서 가장 아름다운 정원,
그 품에 안긴 아다치 미술관

　일본 정원 하면 대부분 교토의 사찰정원이나 도쿄 에도시
대 정원을 떠올리기 마련이지만 정작 미국에 있는 〈일본 정원
전문저널Journal of Japanese Gardening〉로부터 2003년 이래 줄곧 1위를
고수하고 있는 미술관이 있다. 의아하게 생각하겠지만 이곳은
정원보다는 미술관으로 먼저 이름을 알렸는데 차츰 사람들의
입소문을 타면서 오히려 정원이 유명해지게 되었다.
　시마네현 야스기시安来市에 위치한 이 정원미술관은 지역출
신 실업가인 아다치 젠코足立全康에 의해 1970년 개관되었다.
규모는 약 5만 평 정도로, 일본의 유명한 근대 일본화가인 요
코야마 다이칸横山大観의 작품 등을 비롯하여 도예, 동화童畵 등

의 전시실로 구성되어 있다.[22] 당초에는 그가 오사카에서 사업하며 수집했던 작품들을 전시하는 것으로 시작하였다. 하지만 이곳을 둘러보면 볼수록 미술관 못지않게 얼마나 정원에 심혈을 기울였는지를 알 수 있다. 공간배치, 식재디자인, 색채감각, 차경수법 등 주도면밀한 정원 설계에 놀라움을 금할 수 없다.

　미술관은 그저 정원을 감상하는 관람시설이나 조망시설에 불과한 것으로 느껴질 정도다. 미술관 내부에서 각 전시공간으로 이동하는 복도 이곳저곳에 바깥풍경을 감상할 수 있는 창문이 있는데 이곳에서 바라보는 정원풍경은 오히려 전시관의 회화작품을 압도할 정도로 아름다운 진경산수화(?)를 감상할 수 있다. 대개 화가들은 아름다운 풍경에서 모티브를 얻어 그것을 극대화하거나 사실적으로 표현하여 풍경화를 탄생시킨다. 그런데 수집가이자 미술관의 창립자 아다치 젠코는 평소 많은 그림을 수집하면서 높아진 안목을 통해 평소 그림을 바탕으로 품어 왔던 이상향을 아름다운 정원으로 표현한 경우다. 우선 이 정원은 이끼, 잔디, 모래, 물, 식물 등으로 일본 전통양식과 자연풍경식을 절묘하게 도입하고 있는데 그것이 어색하거나 단절되지 않고 하나의 그림처럼 완성도가 높아서 보는 이로 하여금 혀를 내두르게 한다. 요컨대 인위적이면서 자연스러운 것이 마치 오래전부터 자연의 일부로 존재해 왔던 것을 훌륭한 정원사가 잘 다듬고 가꾸어 온 것처럼 느껴지게 한다.

이곳 정원풍경은 회화작품으로 비유하자면 마치 미디어아트처럼 한 장소를 가지고 수많은 작품을 탄생시키는 것과 같다. 계절마다 전혀 다른 풍경이 연출된다. 봄에는 상록수들이 녹색계열의 그라데이션gradation을 연출하면서 환상적인 풍경화를 그려낸다. 여름에는 농익은 푸름의 절정을 통해 생동감을 느끼게 한다. 가을에는 차경으로 도입된 주변 활엽수들이 화

려한 단풍으로 단장한다. 그리고 겨울에는 잘 다듬어진 고산
수枯山水 정원의 수목들과 그 사이사이에 배치된 바위들의 조
형미에 주목하게 만든다. 이것은 정원사의 주도면밀한 의도
성과 자연이 가져다 준 의외성이 결합되어 탄생한 것이다. 이
정원을 물끄러미 보고 있노라면 자연의 경이로움에 새삼 놀라
게 되고 또 정원사의 자연에 대한 이해와 고도의 미적 감각에

찬사를 보내지 않을 수 없다. 왜 이곳이 최고의 일본 정원으로 꼽히고 있는지 의심의 여지없이 수긍하게 된다. 아다치 미술관은 다양한 정원양식이 총망라한 곳이다. 무엇보다 하나하나의 섬세한 정원의 완성도도 놀랍지만 전체적으로 보면 주변풍경을 정원으로 끌어들이는 차경수법이 돋보이는 정원이다. 정원과 미술관이 절묘하게 꾸며져 내부공간과 외부공간, 건물과 정원, 대상지와 주변풍경 등이 어우러져 시너지효과를 가져오게 하는 모범적인 융복합공간 사례라고 할 수 있다. 그래서 많은 사람들은 이곳을 아다치 정원미술관으로 부르고 있다.

멋을 아는 사람,
아다치 젠코

아다치 정원미술관을 창립한 사람은 사업가이자 수집가인 아다치 젠코다. 그는 1899년 시마네현 야스기시 후루가와정에서 태어났다. 그는 학창시절에는 공부나 운동에 아예 관심이 없는 그야말로 열등생의 표본이었다. 다만 그런 그에게도 한 가지 흥미를 느끼게 하는 일이 있었는데 다름 아닌 그림 그리는 일이었다. 우연히 자신의 그림이 미술선생님으로부터 칭찬을 받자 그쪽에 더욱 관심을 갖기 시작했다고 한다. 그는 초등학교 졸업 후에 농업에 종사하신 부모님을 돕다가 자신이 가정경제에 크게 도움이 안 된다는 사실을 알았다. 그래서 직장을 구하게 되었는데 첫 번째 직장이 히로세정에 있는 목탄공장에서 목탄을 운반하는 일이었다. 목탄공장에서 야스기 항까지 13㎞ 정도를 수레로 운반하는 일이었다. 이 과정에서 목탄 한 박스를 여분으로 사서 도중에 판매하여 이익을 남기게 되었는데 이것이 계기가 되어 사업에 눈을 뜨게 되었다는 일화가 전해진다.

그 후 그는 오사카로 직장을 옮겨 본격적으로 직장생활을 시작했는데 어느 날 우연히 골동품상점에서 요코야마 다이칸橫山大觀의 〈蓬萊山〉(1948), 하시모토 간세츠橋本関雪의 〈富士〉(1910) 등의 일본화日本畵에 깊은 감명을 받게 되었다. 돈이 없어 살 수는 없고 그 작품들을 몇 번이고 눈요기만 하고 그냥 돌아올 수밖에 없었다고 한다. 당시 그 작품은 8만 엔 정도였는데 오사카 땅 한 평이 3000엔 정도였다고 하니 그 그림을 손에 넣는 것은 하늘의 별따기와 다를 바 없었다. 그 후 그는 섬유업, 부동산 등의 사업이 연달아 성공하면서 그렇게도 그리던 일본화들을 하나하나 사들이기 시작했다고 한다. 그가 풍경화를 좋아하면서 정원에 대한 꿈을 키워가기 시작했는데 정원도 한 폭의 풍경화와 다를 바 없다고 생각하게 되었다. 일본화와 일본 정원에 대한 한없는 사랑이 마침내 아다치 정원미술관을 탄생시킨 것이다.

그를 설명하는 단어 셋이 있는데 첫 번째 돈 벌기, 두 번째 사회환원, 세 번째 도락道樂이다. 그는 지독하게 가난한 소작농의 아들로 유년시절을 보냈지만 그의 성실함으로 인해 섬유업, 부동산업 등으로 제법 큰돈을 벌었고, 인생 후반이라고 할 수 있는 71세부터 세계적인 정원미술관을 통해 제2의 인생을 펼치게 되었다. 아다치 젠코는 자신의 안목과 발로 뛰어 엄선한 작품들을 수집하고 이 작품들을 더욱 빛나게 하는 정원에도 심혈을 기울였다. 특히 그는 요코야마 다이칸의 작품과 일본 정원에 대한 애착이 강했는데 제1호 전시관 앞에 펼쳐진 하얀 모래 푸른솔 정원白沙青松庭은 다이칸의 명작 〈백사청송白沙青松〉의 이미지를 형상화하여 정원을 조성하였다고 한다. 미술관과 정원이 별개로 존재하는 것이 아니라 하나하나 스토리가 있다는 점도 간과할 수 없을 것 같다. 따지고 보면 그가 젊은 시절 접했던 요코야마 다이칸의 작품은 결국 자신의 삶을 이끌어 준 견인차 역할을 한 것이다. 그가 요코야마 다이칸에 빠진 이유를 그의 자서전 《일본 제일의 정원 아다치 미술관을 만든 남자庭園日本一 足立美術館をつくった男》에서 다음과 같

이 밝히고 있다. "다이칸의 매력을 한마디로 말하면 탁월한 착상着想과 표현력이다. 아마도 그것은 누구도 쉽사리 흉내내지 못할 것이다. 항상 새로운 것에 도전하고 그것을 자신의 것으로 만들어 버리는 왕성한 구도정신求道情神이 작품의 박력과 깊이, 그리고 구도構圖의 높은 완성도를 낳은 것이라고 생각한다." 또 그는 "다이칸은 백년 혹은 300년에 한 번 나올까 말까 할 정도로 위대한 작가"라고 높이 평가했다.[23] 그래서 아다치 미술관은 요코야마 다이칸 미술관이라고 해도 이상할 것

이 없다고 말한다.

어쨌든 이렇게 훌륭한 작가의 작품을 알아볼 수 있는 아다치 젠코의 안목과 관찰력도 마땅히 칭찬받을 만한 것이 아닐까. 지역의 자랑거리로는 다양한 것이 있을 수 있는데 예술과 정원을 사랑한 아다치 젠코는 지금 시마네현 야스기시의 큰 자랑이 되고 있다. 그리고 보면 지역 활성화를 위한 자원 가운데 으뜸은 사람이 아닐까. 한 사람의 탁월한 심미안과 그것을 자원화한 실천이 지역을 위해 얼마나 유용하고 자랑이 될 수 있는지 보여주는 좋은 사례가 아닐까 싶다.

정원도시, 삶에 스며들다

싱가포르 보타닉 가든

Singapore Botanic Garden

정원도시를 꿈꾸는 싱가포르,
정원문화를 선도하는 보타닉 가든

　흔히 공원이나 녹지를 도시의 허파라고 부르기도 하고 오아
시스라고도 한다. 그도 그럴 것이 우리가 살고 있는 대부분의
도시에는 온갖 공해와 오염물질이 가득하고 갈수록 고층화하
는 빌딩숲으로 넘쳐나기 때문이다. 그런 의미에서 공원과 녹
지는 그나마 신선한 공기를 제공할 뿐 아니라 시민들의 건강
과 휴식 등을 위해 도시에 없어서는 안 될 소중한 녹색자원이
다. 그 녹색자원이 양적으로 충분히 확보되어야 함은 두말할
필요가 없고 시각적으로도 아름답고 쾌적한 경관을 제공한다
면 더할 나위 없이 바람직할 것이다. 따라서 이미 조성되었거
나 새롭게 계획하는 녹지공간이 생태적으로 건전하고 즐길 거

리가 풍부한 정원개념으로 조성된다면 다양한 시너지 효과를 가져올 수 있을 것이다.

완성도 높은 정원은 지역민들의 삶의 질 향상은 물론이고 지역 브랜드 가치를 높여 주는 역할을 한다. 또 지역자원으로서 힘을 발휘하여 관광객을 불러들이기도 하고 지역 이미지를 높이는 데도 한껏 기여할 것이다. 또 정원은 보통 도시공원이나 녹지보다는 섬세한 디자인과 유지 · 관리가 수반되어야 하므로 많은 전문 일자리를 창출하게 될 것이다. 그런 차원에서 도시 전체를 정원도시로 가꾸어 가고자 하는 싱가포르의 도시 정책은 우리에게 시사하는 바가 크다.

싱가포르에서는 어느 곳을 가더라도 잘 정돈된 녹지공간을 만날 수 있는데 가로수, 공원은 물론이고 건축물 벽면, 옥상 녹화에 이르기까지 마치 도시 전체를 씨줄날줄로 엮어 놓은 듯 어느 곳에서나 어렵지 않게 녹색을 접할 수 있다. 정부 차원에서 싱가포르의 기후와 토양에 맞는 수종을 엄선해 계획적으로 조성하고 있다. 이로 인해 싱가포르는 2019년 구글 스트리트 뷰를 통해 조사한 녹색지수GVI가 도시 전체의 약 29.3%로 전 세계 내로라하는 그린시티인 밴쿠버(25.9%), 새크라멘토(23.6%), 프랑크푸르트(21.5%) 등 여타 도시들을 따돌리고 1위를 차지한 바 있다. MIT는 세계경제포럼WEF과 협력하여 세계 주요 도시의 녹색비율을 표시하는 웹 사이트 트리피디아Treepe-dia를 제작했다. 연구자들은 구글 스트리트 뷰 정보를 사용하여, 각 도시의 녹색지수를 산출한 바 있는데, 조사결과 싱가포르 면적의 약 1/3이 잔디와 나무 등 식물로 뒤덮여 있는 것으로 나타났다. 또한 싱가포르는 도시계획사업의 목표를 기존의 '정원도시'에서 '정원 속의 도시'로 한 단계 업그레이드하여 도시재개발청URA의 주도 아래 오랜 기간에 걸쳐 체계적으로 실천하고 있다.

싱가포르에는 사계절 내내 녹색과 화려한 꽃들로 가득한 아름다운 정원들로 즐비하다. 그 가운데 가장 선도적으로 정원문화를 이끌고 있는 곳이 바로 보타닉 가든이다. 보타닉 가든은 번역하면 '식물원'이다. 그러나 기존의 식물원이 '식물'에 방점이 찍혀 있다면 싱가포르 보타닉 가든은 '정원'에 방점이 찍혀 있다고 할 수 있다. 이곳은 영국령 시대에 만들어진 대규모 정원으로 영국의 정원양식을 곳곳에서 엿볼 수 있는데 약 328km²의 부지에 3000여 종이 넘는 식물과 다양한 문화시설, 편의시설 등이 설치되어 있다. 무엇보다 싱가포르 국민들이 자랑스러워하는 것은 유네스코 세계유산에 등재되었다는 점이다. 유네스코가 이 정원을 세계적 유산으로 인정한 점은 탁월한 보편적 가치, 완성도, 진정성, 보존 및 관리체계 등에서

높은 평가를 받았기 때문이다.

싱가포르 도심에 있는 보타닉 가든은 영국인들이 설계하여 조성한 열대식물원으로서 영국풍 정원 디자인 개념을 도입한 '유원지'에서 원예와 식물연구시설을 갖춘 '경제식물원'에 이르기까지 두루 역할을 수행하고 있다. 지금은 세계적 수준의 현대적인 식물원이자 연구기관, 휴양 및 문화공간, 체험교육장 등 융복합적 공간으로 탁월한 보편적 가치를 지니고 있다. 또한 오래된 보호수를 비롯하여 식물배치, 정원디자인, 역사적 건물 및 구조물 등 다양한 요소들 간의 조화, 오랜 역사를 통해 추구했던 중요한 목적을 정원의 완성도로 증명하고 있다. 아울러 이 정원의 진정성은 식물원이자 과학연구기관으로 계속 이용되고 있다는 점과 잘 보존된 보호수나 다른 식물들을 활용한 탁월한 공간배치 등을 통해 증명된다.

보타닉 가든의 대부분은 국립공원 내에 위치하며, 보존지역, 수목보존지역 및 자연지역 등으로 지정되어 있다. 유산 가운데는 총 44그루의 국가보호수, 그리고 옛 래플스 대학Raffles College 내의 주택들, 래플스 홀, 코너 저택E. J. H. Corner House, 버킬 홀Burkill Hall, 홀텀 홀Holttum Hall, 리들리 홀Ridley Hall의 주택들과 차고, 밴드스탠드Bandstand 및 스완 레이크 가제보Swan Lake Gazebo 등과 같은 보존해야 할 다수의 건축물들이 있다. 이들 자원보존

을 위해 개발을 규제하고 있으며, 신규개발이나 신축사업에
대해서는 사전허가를 받도록 하는 〈싱가포르 계획법〉에 의해
우선 보호를 받고 있다. 40-50년에 걸친 국가전략기획 수립
은 싱가포르 구상계획에 의해 지침을 설정하고, 토지이용계
획 수립은 국토이용계획과 보존을 관할하는 관리청인 도시재
개발청이 맡아서 추진한다. 그리고 싱가포르의 토지이용, 구
획획정, 개발정책 등은 〈싱가포르 계획법〉에 의거, 입안된 법
정 '기본계획Master Plan(2014)'에 따라 추진한다. 기본계획은 정기
적으로 재검토하고 있으며 신규개발사업에 적용되는 고도 및
입지에 관한 지침, 보호해야 할 건축물이나 주위 환경에 적용
되는 보존원칙 등 구체적인 개발관리계획에 관한 규정을 포
함하고 있다.

　이들은 이렇게 세계유산인 정원을 본연의 가치를 잃지 않
도록 철저하게 보존 및 관리 시스템을 운용하고 있다. 덕분에
이곳을 이용하는 사람들은 마치 예술작품과 같이 잘 다듬어진
정원을 감상할 수 있다. 사람들은 잘 차려진 밥상을 보며 뿌
듯해하듯 정원에서 자신이 발휘할 수 있는 온갖 감각을 동원
하여 교감한다. 산책을 하면서 신선한 공기를 들이마시고 잔
디밭에 드러누워 휴식을 취하기도 하며 정원을 맘껏 즐긴다.
이 아름답고 평화스러운 풍경을 물끄러미 바라보면서 정원이

마치 어린 시절 그토록 받고 싶었던 종합선물세트처럼 느껴진 이유는 무엇일까.

정원 속의 정원, 국립난초정원

싱가포르 보타닉 가든에는 생강정원, 치유정원, 잎사귀정원, 향기정원, 진화정원 등 다양한 주제정원을 비롯하여 체험숲, 어린이정원, 민속식물원 등 다양한 유형의 체험정원을 보유하고 있다. 그 가운데 보타닉 가든의 명성을 더욱 높이는 역할을 하고 있는 곳으로 다름 아닌 국립난초정원National Orchid garden을 들 수 있다. 난초정원은 마치 숨겨두기라도 하듯 가장 깊숙한 곳에 배치해 놓아 다른 정원을 구경한 다음 맨 마지막에 만나게 된다. 싱가포르 최대 규모의 난초정원에는 3만㎡의 면적에 약 1000여 종이 넘는 형형색색의 난초가 제각각 아름다운 자태와 매혹적인 향기를 뽐내고 있다. 대부분의 정원이 근린공원처럼 무료로 이용되지만 이 정원은 입장권을 구입하여 입장한다. 하지만 난초정원을 감상하고 나면 입장료가 아깝다는 생각이 전혀 들지 않는다.

정원 초입부에는 가든 숍이 마련되어 있어 정원 관련 상품을 감상하거나 구입할 수 있다. 식물, 서적, 의류, 정원용품 등을 총망라하고 있어 정원에 대한 싱가포르 사람들의 관심과 수준을 한눈에 파악할 수 있다. 유심히 보면 다양한 전시품들이 현지인들에게 필요한 것들도 있지만, 상당수가 관광객을 겨냥하고 있음을 알 수 있다. 제품 하나하나에 섬세한 디자인에 포장지까지도 나름 정성을 들이고 있음을 알 수 있다. 게다가 가든 숍 점원들은 간단한 외국어를 구사하며 맞춤형 서비스로 친절하게 손님들을 응대한다. 정원은 지역주민들의 삶의 질을 풍요롭게 하는 주요 수단이 되고 있음은 물론이고, 나아가 완성도 높은 정원은 훌륭한 관광자원이 될 수 있다는 것을 여실히 증명하고 있다.

싱가포르 정부는 이 정원의 브랜드 가치를 높이기 위해 부단히 노력한다. 세계적으로 유명한 인사들을 난초 명명식에 참여시켜 적절히 홍보하고 있다. 200명 이상의 VIP 이름으로 명명한 명예의 전당도 있다. 영국 엘리자베스 여왕, 왕세손부부 윌리엄과 캐서린, 마거릿 대처, 다이애나 왕세자비, 넬슨 만델라, 리콴유 총리 등의 이름을 딴 난초들이 전시되어 있다. 이들의 이름은 반다 윌리엄 캐서린, 파라반다 넬슨 만델라 등과 같이 난 품종과 유명인사 이름을 조합하여 마치 학명처럼

부르고 있다. 우리나라에서는 노무현 전 대통령, 배우 배용준 등이 명명식에 참여한 바 있고, 북미정상회담 직후인 2018년 7월에는 문재인 대통령과 김정숙 여사도 싱가포르를 국빈 방문해 난초 명명식에 참여한 것으로 알려져 있다.

흔히 난초하면 실내에서 감상하거나 선물용 화분을 떠올리게 한다. 하지만 이곳 난초정원은 차원이 다르다. 상상을 초월한 난초의 종류와 규모에 놀라지 않을 수 없고, 다양한 식물, 예술 감각 넘치는 조형물 등을 절묘하게 배치하여 탁월한 조화미를 연출하고 있다. 난초정원은 정원양식의 새로운 모델을 제시했다는 점에서 찬사를 보내지 않을 수 없다. 이 난초정원으로 인해 보타닉 가든은 훨씬 품격 있는 정원으로 진화하며 브랜드 가치를 인정받고 있다.

미래정원을 향한 상상

가든스 바이 더 베이

Gardens by the Bay

식물·과학·예술이 만난 꿈의 정원,
가든스 바이 더 베이

　싱가포르는 장기적 비전수립을 통해 하늘과 바다, 땅과 물을 연결하는 정원도시 청사진을 마련하여 계획적으로 추진해 왔다. 마침내 2012년 6월, 마리나베이 남쪽 간척지에 세계가 주목할 만한 파격적인 규모와 상징성을 지닌 정원을 완성함에 따라 그 목표에 한걸음 더 다가섰다. 기존 싱가포르의 명소였던 나이트 사파리Night Safari, 주롱 새공원Jurong Bird Park, 보타닉 가든 등에 이어 '정원 속의 도시City in a Garden'라는 싱가포르의 도시비전을 현실화하는 데 있어서 가장 상징적인 정원이 바로 '가든스 바이 더 베이'라고 할 수 있다.

　가든스 바이 더 베이 프로젝트는 싱가포르 국립공원운영위

원회가 주관하여 2006년 1월 국제현상공모를 개최했는데 24 개국에서 70여 개 팀이 참가하였다. 총 11명의 심사위원이 참여하는 엄격한 심사를 거쳐 영국의 그랜트 어소시에이트의 설계작품을 선정하였다. 베이 사우스는 '상업도시에서 관광도시로의 이행'이라는 내용을 담아 싱가포르의 미래를 제시하고 있다. 현재 싱가포르 관광은 마리나베이를 중심으로 이루어지고 있는데 이곳은 베이 사우스Bay South, 베이 이스트Bay East, 베이 센트럴Bay Central 등 세 구역으로 구분된다. 이 가운데 가장 규모가 크고 대표적인 곳이 베이 사우스다. 마리나베이샌즈와

더불어 새로운 랜드마크로 자리잡아 가고 있는 베이 사우스는 실내정원과 실외정원으로 구분되는데 총면적이 약 100만㎡에 이른다. 그 가운데 눈길을 사로잡은 것이 있는데 조개형상을 하고 있는 두 개의 유리온실과 수직정원 슈퍼 트리Super Tree다.

유리온실은 실내외 공간에 생태, 정보통신기술, 식물 등을 매개로 하여 전 세계 이색적인 생태환경을 한곳에 모아 조성한 정원으로 신비로움과 아름다움을 동시에 실현하고 있다. 실내정원은 '플라워 돔Flower Dome'과 '구름숲Cloud Forest'으로 구성되어 있는데 예술성과 생태성, 실용성 등을 두루 표현하고 있다. 또 슈퍼 트리는 18개의 구조체가 25m에서 50m에 걸쳐 높이를 달리하며 우뚝 서 있다. 이곳에는 30개 국가의 16만 주 이상의 식물이 자라고 있다. 꼭대기 층에는 레스토랑이 마련되어 있어 아름다운 경관을 조망하며 음식과 휴식을 즐길 수 있다. 야간에는 광전지를 이용한 화려한 조명과 아름다운 음악을 도입함으로써 싱가포르의 새로운 관광영역을 개척했다는 평가를 받고 있다.

한편 베이 이스트 또한 주목을 받고 있는데, 면적이 32만㎡에 이르고, 베이 사우스에 이어 두 번째로 큰 규모다. 이곳은 마리나베이 연안을 따라 기다랗게 조성된 개방공간이며 친수 공간을 주제로 한 다양한 수변정원을 감상할 수 있다. 이곳 역

시 국제현상공모를 실시했는데 런던을 기반으로 한 영국의 유명한 조경설계회사 구스타프슨 포터Gustafson Porter의 작품이 선정되었다. 이 설계회사의 작품으로는 런던 하이드파크의 다이애나 기념분수, 레바논 베이루트의 제이토네 광장, 영국 웨일스 국립식물원의 글래스 하우스 등 유명한 작품이 많다. 2006년 9월 싱가포르 보타닉 가든에서 개최된 마스터플랜 당선작 전시회에는 1만여 명이 모여들었고 700건 이상의 의견들이 접수되었다. 현장 설문조사에서 85% 이상이 마스터플랜에 만족하였고 97% 이상은 장차 이 정원을 방문하고 싶다고 응답하였다. 그밖에 베이 센트럴은 마리나베이의 북쪽 연안을 따라 조성된 정원으로 약 3㎞에 이르는 오솔길이 있어 해안산책로 역할을 하고 있다.

싱가포르에서는 도시 전체를 커다란 하나의 정원으로 가꾸어 가고자 하는 의지를 어렵지 않게 느낄 수 있다. 2007년 11월부터 조성되기 시작한 가든스 바이 더 베이는 그 상징성만으로도 의미가 큰데, 개장하자마자 많은 주목을 받으며 세계적인 상을 여럿 휩쓸었다. 2012년 세계 올해의 건물상the World Building of the Year, 2013년 대통령 디자인상the President's Design Award, 2014년 탁월한 업적상the Outstanding Achievement Award, 2015년 세계 기네스북 최고 규모의 유리온실상the Largest Glass Greenhouse, 2016년

트립 어드바이저 으뜸상the Trip Advisor Certificate of Excellence 등을 수상
하였다. 특히 가든스 바이 더 베이 두 개의 대형 온실인 '플라
워 돔'과 '구름숲'이 크게 주목을 받은 것이다. '플라워 돔'이
지중해성 건조기후대 식물들을 볼 수 있는 곳이라면, '구름숲'
은 고온다습한 열대우림대의 원시림을 만날 수 있다.

 '구름숲'으로 들어서면 제일 먼저 구름과 물안개로 원시세
계를 묘사한 압도적인 스케일의 폭포를 만날 수 있다. 높이
35m에 달하는 인공산과 거대한 폭포는 몽환적 분위기를 연출
한다. 끊임없이 쏟아져 내리는 폭포 물줄기는 '구름숲' 곳곳에
물방울을 흩뿌려 수증기로 가득한 열대환경을 유지하고 있다.
폭포 주변 인공산에는 각양각색의 꽃과 난, 거대한 낭상엽 식
물인 벌레잡이통풀, 고온다습한 열대 원시림을 터전으로 살아
가는 양치식물과 다양한 식물들이 에워싸고 있다. '플라워 돔'
은 지중해, 남아프리카, 스페인, 이탈리아 등의 건조한 아열대
기후지역의 다양한 식물들을 만나 볼 수 있다. 특히 생텍쥐페
리의 동화《어린왕자》에 나오는 바오밥 나무와 지중해 주변
지역 및 일부 중근동中近東 지역에서 자라는 3000년 수령의 올
리브 나무 등도 감상할 수 있다. 이곳은 식물, 과학, 예술 등이
융복합적으로 조화를 이루고 있어 어쩌면 모두가 꿈꾸는 미래
정원의 방향을 제시했다는 점에서 의의를 찾을 수 있다.

가든스 바이 더 베이는 마리나베이 인근에 위치한 덕분에 머라이언 파크, 마리나베이샌즈 호텔 등과 더불어 어느덧 싱가포르를 대표하는 상징공간이자 핵심 관광코스가 되고 있다. 사실 이 정원은 2018년 6월 극적으로 이루어졌던 김정은 위원장과 트럼프 대통령 간의 싱가포르 북미정상회담 때문에 더 주목받았던 곳이기도 하다. 김정은 위원장이 회담 하루 전날 예정에 없었던 깜짝 일정으로 이 정원을 찾게 되어 언론에 크게 화제가 된 바람에 '가든스 바이 더 베이'는 한층 더 세계적인 정원으로 명성을 이어갈 수 있게 되었다.

미래정원을 부단히 상상하고 펼쳐 보이는
싱가포르

우리가 꿈꾸는 미래정원은 어떤 모습일까? 이 물음에 대해 상당부분 싱가포르에서 그 해답을 찾을 수 있다. 물론 바람직한 미래정원에 대한 대답은 수학공식처럼 명료하게 한두 마디로 제시할 수 있는 것은 아니다. 다만 가장 선도적으로 시도하고 있는 싱가포르의 융복합 정원도시를 향한 아름다운 도전은 주목할 필요가 있다. 융복합이라는 토픽은 우리 사회 다양한

분야에서 회자되고 있다. 특히 기존 도시를 정원개념으로 재
생하거나, 자칫 경직될 수 있는 역사·문화공간에 정원을 도
입하여 친근감을 더해 주는 시도 등이 관심을 끌고 있다.

　싱가포르에서는 더 주목할 만한 일들도 목격할 수 있다. 건
물벽면녹화나 옥상정원을 조성하는 것은 물론이고 베란다를
확장하여 정원을 끌어들이거나 아예 고층건물의 특정 층을 통
째로 비워 정원으로 조성하기도 한다. 이는 녹지공간의 증가
와 더불어 도시경관이 아름다워지는 효과도 있지만, 무엇보다
건물과 녹지공간이 별개라는 기존의 인식을 바꿔놓은 획기적

인 발상이라는 점에 더 큰 의의를 찾을 수 있다. 요즘 이런저런 이유로 도시재생이 중요한 화두로 떠오르고 있다. 그런 점에서 정원은 도시재생 문제를 풀어 가는 주요수단이 될 수 있음을 말해 주고 있다.

오랫동안 농경문화의 토대 위에서 살아온 우리로서는 관상 위주의 '정원'보다는 실용적인 '마당Open Space'을 선호할 수밖에 없었다. 수확한 농작물을 들여와 탈곡이나 타작을 하고 건조시키는 농작업의 연장선상에서 활용되었기 때문이다. 그뿐 아니라 전통혼례식이나 장례식을 비롯한 온갖 잔치가 마당에서 이루어졌다. 아이들에게도 마당은 숨바꼭질, 팽이 돌리기 등을 할 수 있는 훌륭한 놀이터였다. 요컨대 마당은 우리 생활문화에 걸맞은 우리 스타일의 융복합정원이었던 셈이다. 하지만 산업화, 도시화는 우리의 마당문화를 무력화시켜 버렸고 공동체문화마저도 적잖은 변화를 가져오게 하였다. 어쩌면 우리 마당문화도 새로운 변화에 적응해야 함을 요구받고 있는 셈이다.

사실 우리는 융복합문화에 큰 장점을 가지고 있다. 예를 들면 비빔밥이 그중 하나다. 각자 가진 재료 본연의 맛을 잃지 않으면서 또 다른 독특한 맛을 이끌어낸다. 또 육군, 해군, 공군이 엄연히 존재함에도 불구하고 전혀 새로운 역할을 하는 해병대를 탄생시킨 발상도 그렇다. 사실 우리의 식탁에서 매일 마주하는 김치야말로 최고의 융복합문화의 산물이다. 밭에서 재배하는 무나 배추, 고추, 마늘, 생강 등을 비롯하여 염전에서 가져온 천일염을 사용하고 바다에서 잡은 멸치나 새우 등으로 만든 젓갈이 첨가된다. 오랜 시간동안 재배하고 수확하고 염장하고 건조시켜 빻아 혼합하는 엄청난 과정을 거친 끝에 탄생한 것이 바로 김치다.

이처럼 우리는 융복합시대에 힘을 발휘할 수 있는 잠재력을 이미 보유하고 있다. 이제 우리 마당문화의 저력으로 정원문화를 한 차원 끌어올렸으면 하는 바람이다. 우리 마당에 아름다운 꽃들로 넘쳐나고, 마을 담벼락엔 페인팅 벽화 대신 담쟁이덩굴과 능소화가 기어오르며, 골목길 담장 아래에 봉선화, 채송화가 소담스럽게 자라는 모습을 보고 싶다. 그곳에서 이웃들이 마주보며 웃음꽃을 만발한다면 더 바랄나위 없을 것 같다. 전시 위주의 미술관, 박물관에도, 건물만 덩그러니 서 있는 서원, 향교, 고택 등에도 정원이 더해진다면 좋겠다. 그래서 사람들의 오감을 만족시키고 다시 찾고 싶은 명소로 거듭날 수 있기를 기대해 본다. 자연과 예술과 과학의 융합, 이것이 우리 도시에서 실현될 때 비로소 우리가 바라는 정원도시의 꿈에 한걸음 더 다가갈 수 있지 않을까.

정원이 나를 꿈꾸게 한다

오베르 쉬르 우와즈

Auvers sur Oise

고흐가 마지막 예술 혼을 불태우다 잠든 곳,
오베르 쉬르 우와즈

　네덜란드가 낳은 위대한 화가, 빈센트 반 고흐Vincent Van Gogh, 1853-90는 온갖 우여곡절을 겪으며 살다 37년이라는 젊은 나이에 비극적으로 생을 마쳤다. 하지만 그가 남긴 예술에 대한 열정만큼은 많은 이들에게 감동을 주고 있다. 파리에서 북쪽으로 약 30㎞ 떨어진 오베르 쉬르 우아즈(이하 오베르)는 고흐가 1890년 7월 29일 자살이라는 극단적인 방법으로 생을 마감할 때까지 약 70일 동안 살았던 자그마한 마을이다. 고흐가 머문 곳을 '라부 여관Auberge Ravoux'이라고 부르는데, 이곳 2층에서 고흐는 〈오베르 교회〉, 〈가셰 박사의 초상〉, 〈까마귀가 나는 밀밭〉 등 다수의 명작을 남겼다. 현재 고흐가 머물던 방이 보존되어 있으며 1층은 레스토랑, 3층은 박물관이다.

고흐가 살았던 100년 전에 비해 마을 모습이 다소 변했다고
는 하지만, 여전히 거리 곳곳에서 고흐 그림에 등장한 풍경들
을 만날 수 있어 당시 모습을 상상하는 데에는 그다지 어려움
이 없다. 오베르 성당, 시청, 마을가옥, 골목길, 밀밭 등을 직
접 만나게 되면 왠지 익숙한 풍경처럼 반갑게 느껴진다. 마을
을 둘러보면 볼수록 그가 왜 이 마을에 마지막 정을 붙이고 마
음을 다잡을 수 있었는지 조금은 이해할 수 있을 것 같다. 건

물 하나하나에서부터 가로수와 골목길 구석구석까지 정겹고 소담스런 풍경이다. 고흐를 사랑하는 사람이 아니더라도 한 번쯤 찾아가 그의 고뇌에 찬 삶과 사랑, 그리고 예술에 대한 열정에 대해 살짝 들여다보는 것도 의미 있는 일이 아닐까.

오베르 마을을 찾아가는 길은 그다지 어렵지 않다. 파리 북역에서 출발하여 퐁투아즈Pontoise행 열차로 생투앙 로몽St-Ouen-l'Aumone 역에서 내려 갈아타거나 페르상 보몽Persan Beamont으로 가서 오베르 행 열차로 갈아타면 된다. 고흐는 평생 900여 점의 그림과 1100여 점의 습작을 남겼는데 그의 작품 대부분이 정신질환을 앓고 힘들어하던 시절인 인생 후반 10여 년 동안에 창작된 것으로 알려져 있다. 그는 살아 있는 동안 거의 인정받지 못하다가 사후에 비로소 유명해진 셈인데, 그가 죽은 지 11년 후인 1901년 3월 17일 파리에서 반 고흐의 그림 71점을 특별 전시한 이후 그는 급속도로 유명세를 타게 되었다고 한다. 참으로 짧게 머물렀던 곳이지만, 그의 흔적은 마치 많은 시간을 보낸 것으로 착각할 정도로 마을 전체에서 고흐의 숨결을 느낄 수 있다.

고흐는 화가생활을 하는 동안 심한 우울증에 시달렸던 것으로 알려져 있는데, 전원지역과 병원 등을 전전하다가 친구이자 의사인 폴 가셰Paul Gachet, 1828-1909로부터 권유받은 곳이 바

로 마지막 정착지 오베르였다. 이전에 여러 화가들이 그랬던 것처럼 빈센트도 농가와 농경지로 이뤄진 오베르의 독특한 시골풍경에 매료되었고 실제로 그는 이 전통가옥과 자연스런 정원 등을 화폭에 즐겨 담았다. 1857년 이후 많은 화가들이 오베르에 거주하면서 작업하는 전통이 생겼다고 한다. 당시 유명한 화가 샤를 프랑수아 도비니Charles François Daubigny, 1817-78는 집과 화실을 지어 마을에 정착하여 살다 1878년 여기서 죽음을 맞이했다. 또 폴 세잔Paul Cezanne, 1839-1906, 카미유 피사로Camille Pissarro, 1839-1906 등과 같은 유명한 화가들이 오베르에서 작업을 했다. 20세기에는 앙리 루소Henri Rousseau와 오토 프로인들리히Otto Freundlich와 같은 예술가들도 가세하여 이곳에서 작품활동을 한 것으로 전해진다.

오베르에는 고흐가 살았던 건물이 있는데 1층 레스토랑은 아직도 영업을 계속하고 있다. 19세기 화가들이 드나들던 모습 그대로이고, 고흐가 즐겨 먹던 음식도 맛볼 수 있다. 오베르 성당에서 언덕으로 곧장 올라가면 넓은 밀밭이 나오는데, 이곳이 바로 〈까마귀가 나는 밀밭〉이라는 명작의 배경이 된 장소다. 밀밭 길을 따라 그리 멀지 않은 곳에 빈센트 반 고흐와 동생인 테오 반 고흐가 묻혀 있는 공동묘지가 있다. 이곳에는 고흐의 제자들 무덤도 만날 수 있는데, 아무래도 가장 눈길을 끄는 것은 온통 아이비로 뒤덮인 빈센트 반 고흐와 동생 테오의 무덤이다. 비록 소박한 풀무덤에 불과하지만 나란히 누워 있는 모습을 보고 있으면 뭔가 애틋함이 전해진다.

고흐와 동생 테오에 대한 이야기가 자못 흥미롭다. 반 고흐가 남긴 방대한 양의 회화와 드로잉이 주목을 받은 것은 당연하지만, 사실 그에 대한 인간적인 면모에 대해 관심을 가질 수 있었던 것은 바로 그가 썼던 수많은 편지들이다. 편지의 대부분은 동생 테오에게 쓴 것이다. 편지를 읽다 보면 형제가 서로

의견대립도 없지는 않았지만 얼마나 애틋하게 서로를 의지했
는지 알 수 있다. 당시 화상畵商이었던 테오는 인상주의 화가들
과 후기 인상주의 화가들의 작품을 주로 취급했다. 이 편지들
은 반 고흐의 작품들에 대한 긴요한 정보와 그의 고뇌, 그리고
일상, 연애담, 우울증 등에 관한 얘기들을 적나라하게 들려준
다. 오랜 시간 형에게 든든한 기둥이 되어 주며, 물심양면으
로 지원을 아끼지 않았던 테오는 빈센트의 죽음 이후 급격히
무너졌다. 그도 형과 같은 우울증에 시달리다가 석 달 뒤엔 위
트레흐트의 오퇴유에 있는 정신병원에 입원해 그곳에서 1891
년 1월 세상을 떠난다. 1914년 테오는 빈센트의 묘지 옆으로
이장되어 현재 고흐 옆에 나란히 누워 있다.

　사랑하는 동생아, 너에게 진 빚이 너무 많아서 그걸 모두
　갚으려면 내 평생 그림 그리는 노력으로 일관되어야 …[24]

　형은 내게 빚진 돈 얘기를 하면서 내게 갚고 싶다고 말하
　는데, 그런 이야기는 듣고 싶지 않아. 내가 형에게 원하는
　것은 형이 아무런 근심 없이 지내는거야.[25]

　고흐와 테오가 주고받았던 애틋한 편지내용의 일부다. 오

베르는 고흐의 위대한 예술과 고단했던 삶과 사랑 이야기가
짙게 배어 있는 추억의 장소다. 세계 곳곳으로부터 빈센트를
기억하는 수많은 사람들의 발길이 끊이지 않고 있다. 또, 마
을사람들은 빈센트를 추억하기 위해 찾는 사람들을 배려하여
그에 걸맞게 마을풍경을 잘 지켜 가고 있다. 많은 사람들이 여
전히 그를 사랑하고 있음을 느낄 수 있다.

빈센트 반 고흐의 정원사랑,
"정원이 나를 꿈꾸게 한다"

　빈센트는 1853년 네덜란드 북부의 벨기에 국경 근처로 브
라반트 주의 준데르트라는 작은 마을에서 태어났다. 그의 아
버지 테오두르스 반 고흐Thedorus van Gogh, 1822-85는 네덜란드 개혁
교회의 그로닝겐 지부 목사였다. 빈센트와 다섯 명의 동생이
자란 목사관에는 아름다운 정원이 있었다고 한다. 그의 어머
니 안나 코르넬리아Anna Cornelia, 1819-1906와 정원사가 주로 정원을
가꾼 것으로 알려져 있다. 어머니는 아이들이 정원에서 노는
것이 안전하다고 여겼고 또 꽃과 나무에 대한 사랑을 키우는
것이 정서적으로 유익하다고 생각했다. 실제로 정원은 고흐

에게 흥미와 탐험의 장소였고 예술적 감성을 자극하기도 하였으며, 많은 위로와 삶의 활력을 주었던 것 같다. 평소 고흐는 "정원이 나를 꿈꾸게 한다"고 입버릇처럼 말했다고 한다. 방대한 양의 작품 중에는 정원과 공원 그림이 많은데 채색화 90여 점, 드로잉 60여 점이 있다. 게다가 가족과 지인들에게 보낸 편지에 동봉한 정원과 공원 스케치도 적지 않다. 그 작품들에서는 도시든 시골이든 지속적으로 정원을 주제로 한 그림을 어렵지 않게 볼 수 있다.

빈센트는 꽃그림으로 유명하지만, 꽃이 핀 정원그림에 감동하는 사람들도 많다. 초기 해바라기와 몽마르트의 작은 오두막 정원 습작은 파리에서 그렸다. 또 남부 프랑스에 살던 때는 프로방스 농가의 꽃이 만발한 정원에 매료되어 밝고 화사한 분위기의 그림을 주로 그렸다. 이후 그는 이런 일련의 정원그림을 통해 빨강/초록, 주황/파랑, 보라/노랑과 같은 보색대비를 실험하는 등 색채이론을 정립하는 데에도 관심을 기울였다. 고흐가 심한 우울증으로 요양원에 들어가게 되었는데, 여기서도 그는 병원의 안뜰과 주변풍경을 그리며 안정을 찾아갔다. 이곳에서 그린 붓꽃과 금잔화 등은 꽃송이와 줄기 등 한층 섬세하게 표현되어 있는데 자신은 습작으로 그린 그림이라고 했지만 동생 테오가 독립미술가협회인 앵데팡당Salon des Indépen-

dants에 출품하여 큰 찬사를 받은 것으로 알려져 있다.

요양원에서 12개월 동안 지낸 그는 남프랑스를 떠나고 싶었다. 그는 북부로 돌아가는 것이 깊어진 우울증에서 벗어나는데 도움이 될 것으로 생각했다. 동생 테오는 화가 카미유 피사로와 상의했는데 그는 오베르 마을로 갈 것을 권유했다. 그리고 의사인 가셰를 소개받고 그의 도움을 받으며 안정을 찾을 수 있었다. 빈센트는 다행히 오베르 마을을 좋아했다. 여기서 그는 정원뿐 아니라 새집, 시골가옥, 골목길 등 마을풍경을 소재로 그림을 그렸다. 고흐는 죽기 이틀 전에도 그림을 그렸는데 그 작품이 바로 명작 〈까마귀 나는 밀밭〉이다. 이 그림은 죽기 직전 고흐의 복잡한 심정을 대변하고 있는 것처럼 느껴진다. 화사한 밀밭, 스산한 하늘과 먹구름이 대조적이면서도 인상적이다. 그리고 밀밭과 하늘에 중첩되어 날고 있는 까마귀들이 심상치 않게 여겨진다. 무엇이 고흐를 그토록 힘들게 했는지는 알 수 없지만 예술을 향한 그의 불꽃 같은 열정만큼은 많은 사람들에게 감동을 주고 있다. 그의 고독한 인생에서 그에게 창작활동의 동기부여가 되고 큰 위로가 되었던 동생 테오, 그리고 전원풍경과 정원이 있어서 참 다행이었다는 생각을 해 본다.

빛의 정원, 색을 탐하다

지베르니 모네의 정원

Maison et Jardins de Claude Monet

모네 예술의 원천이자 창작 실험실,
지베르니 모네의 정원

　파리에서 북서쪽으로 대략 80㎞ 정도 떨어진 곳에 위치한
지베르니는 르누아르, 세잔 등과 함께 19세기 새로운 예술운
동인 인상주의를 탄생시킨 클로드 모네^{Claude Monet, 1840-1926}가 거
주하며 작업한 곳으로 알려지면서 유명해진 마을이다.

　모네는 1883년 43세 때 작품의 모티브가 될 만한 환경을 찾
아 센 강변을 전전하다가 결국 이곳을 찾았고, 작품활동을 위
해 가족들과 함께 이곳에 정착하게 되었다. 이후 줄곧 정원 가
꾸기와 정원을 배경으로 그림 그리는 일에 몰두하였다. '지베
르니 모네의 정원'은 모네 가족이 살았던 집과 모네 작업실이
있는 '꽃의 정원^{Jardin d' Eau}', 그리고 마치 일본에 와 있는 것으로

착각하게 하는 일본풍 정원양식의 '물의 정원Jardin de fleurs'을 말
한다.[26] 이 정원을 접하는 순간 시쳇말로 "이것이 실화냐?"라
는 감탄사가 절로 나온다. 평소 모네 작품에서 보았던 그림을
그대로 옮겨놓은 것처럼 생생하게 펼쳐져 있다.

집 앞에 조성된 약 8000㎡ '꽃의 정원'은 프랑스의 평면기하
학식과 영국이나 네덜란드의 영향을 받은 것으로 보이는 자연

풍경식이 융합된 형식으로 조성되어 있다. 짜임새 있게 잘 구획된 화단에는 아네모네, 팬지, 장미, 벚꽃, 튤립 등 이루 헤아릴 수 없을 정도로 각양각색의 꽃들이 향연을 펼치고 있다. 이 정원은 계절마다 새로운 꽃들로 옷을 갈아입는데 봄부터 가을까지 쉴 새 없이 아름다운 꽃들을 감상할 수 있다. 건물 안에서 정원을 내려다보면 마치 방금 물감을 풀어놓은 정갈한 팔레트를 보고 있는 느낌이다.

한편, '물의 정원'은 약 5750㎡ 부지에 꾸며져 있는데 센 강변에서 물을 끌어와 조성된 연못에는 다양한 종류의 수련들이 물위에 떠 있고, 단아하게 꽃을 피운 여름에는 마치 요정들이 격조 높은 수상공연을 펼치고 있는 것처럼 보인다. 현재의 정원은 사진이나 그림을 바탕으로, 모네가 작품을 그렸던 당시 풍경에 가깝게 보존하며 가꾸어 가고 있다. 또 가족이 함께 살았던 집과 작업실의 실내장식, 가구 등도 모네가 살았던 당시의 모습을 그대로 재현하고 있다. 특히 파란색 부엌, 노란색 식당 등은 각 방마다 색조를 달리하여 색다른 느낌을 제공한다. 2층 맨 끝 왼쪽 방은 모네가 마지막 숨을 거두기 직전까지 지냈던 침실이 위치해 있다. 그래서인지 그곳에서 바라보는 꽃의 정원은 매우 각별하게 느껴진다. 현재 기념품 상점으로 이용되고 있는 별채는 파리의 오랑주리 미술관에 전시되어 있는 〈수련〉을 그리기 위해 특별히 마련된 모네 최후의 아틀리에다.

꽃의 정원은 단순한 화단이나 꽃 잔치를 위한 공간이 아니다. 왠지 모를 품격이 느껴지고 예술작품으로서 조형미의 진수를 만끽할 수 있는 곳이다. 일정한 규칙이 느껴지면서도 자연스러움이 존재하며 균형과 조화를 이루고 있다. 이곳에는 제아무리 고급향수로도 흉내낼 수 없는 매혹적인 꽃향기가 있다. 게다가 튤립, 라일락, 아이리스, 국화, 진달래, 수국, 접시꽃, 물망초, 제비꽃 등이 어우러져 만들어낸 고급스런 빛깔은 뭐라 표현해야 할지 모를 만큼 참으로 경이롭다. 모네를 두고 '빛의 화가'라고 했는데 그는 빛을 캔버스에 구현해내기 위해 무엇보다 색채에 대해 완벽히 이해하고 싶었던 것 같다. 그래서 모네는 자연으로부터 색채를 찾아내고 싶었고 나무와 꽃을 통해 실험하고자 했던 것이다. 한쪽에는 보색을 이루는 꽃밭을, 다른 쪽에는 유사한 색채로 구성한 꽃밭을 배치했다. 그렇게 완성된 자신의 정원에서 빛과 색의 본질에 대해 탐구하고자 한 것이다.

모네의 예술을 향한 이런 눈물겨운 노력을 간파한 작가 마르셀 프루스트Marcel Proust는 지베르니 모네의 정원을 돌아본 후에 "모네의 정원은 한낱 그림의 소재를 넘어, 그 자체로 이미

예술의 대체물이다. 위대한 화가의 눈에 비친 자연으로 다시 태어난 완성된 정원이기 때문이다. 모네의 정원은 이미 조화를 이루는 자연색상을 사용했다는 점에서 살아 있는 스케치다"라고 예찬했다고 한다. 그리고 또 하나의 모네의 정원인 '물의 정원'은 연못 양쪽을 잇는 아치형 일본풍 다리가 매우 인상적인데, 그의 작품에서 봐 왔던 탓인지 매우 친근하게 느껴진다. 이어 연못 위에 떠 있는 수련을 본 순간 그의 그림에서 방금 빠져나온 듯 너무나 닮아 있어 탄성이 절로 나온다. 게다가 물에 반사된 연못 주변의 각종 식물들은 마치 데칼코마니처럼 정원의 시각적 깊이를 한층 더해 준다.

일본식 정원은 연못가를 따라 조망점을 바꿔가면서 정원풍경을 감상할 수 있도록 조성되어 있다. 심지어 다리를 설치하여 의도적으로 새로운 조망점을 만들어 다양한 연못풍경을 감상하고자 한 것이다. 제한된 정원에서 가급적 많은 장면Scene을 찾아내 감상하기 위한 기법으로 마치 만화경萬華鏡, Kaleidoscope이 연상될 만큼 끊임없이 색다른 풍경을 추구했던 것 같다. 결국 모네의 정원은 그의 예술적 성향과 일본 정원의 정서가 융합되어 새로운 예술세계를 창조한 셈이다. 이런 열정은 그가 〈수련〉 연작을 제작하게 된 계기가 되었다. 모네는 자신이 만든 정원에서 영감을 얻어 그림 작업을 지속할 수 있었던 것이다. 현재 파리의 오랑주리 미술관에 있는 〈수련〉 연작은 모네 생애 마지막 작품으로 자연에 대한 우주적인 시선을 보여준 위대한 걸작으로 평가받고 있다.

그의 집과 정원은 모네가 살았던 그때 풍경 그대로 복원되어 마치 모네가 살던 시절로 돌아가 그가 그린 그림 속으로 들어가 있는 느낌을 받는다. 모네는 정원을 무척이나 사랑했는데, 단순히 보고 즐기는 일뿐 아니라 정원을 직접 가꾸는 일을 즐거워했고 또 정원에서 많은 영감을 얻은 것으로도 유명하다. 정원이 모네에게는 삶과 예술의 원천이었고, 빛과 색의 예술세계를 탐구하는 창작실험실이었다.

현재 지베르니에는 모네의 손길이 닿았던 곳이면 어디든 관광객이 줄을 잇고 있다. 지베르니는 이 작가를 전시관에서만 만나게 하는 것이 아니라 모네정원을 비롯한 지베르니 곳곳에서 만날 수 있도록 하고 있다. 아울러 그의 예술세계에 이런저런 영향을 끼쳤던 예술가, 문화, 자연 등에 대해 조곤조곤 들려준다. 말하자면 모네의 예술인생에서 정원은 그에게 어떤 의미였는지 생생하게 눈으로 확인하고 체험하게 해 준다.

훌륭한 화가이자 정원사,
클로드 모네

프랑스 파리에 있는 오랑주리 미술관에 가면 관람자들이 가던 걸음을 멈추고 많은 시간을 할애하여 감상하는 작품이 있는데 바로 인상주의 대표적인 화가인 모네의 걸작인 〈수련〉이다. 무척이나 수련을 좋아했던 모네는 십여 년 동안 계속해서 수련 연작을 그렸다고 한다. 그것이 더욱 유명해진 이유는 그림의 모델이 되었던 지베르니 모네의 정원이 현존하고 있어 감동을 배가시켜 주기 때문이다.

모네는 훌륭한 화가인 동시에 더 훌륭한 정원사였다. 모네는 생전에 "색은 하루 종일 나를 집착하게 하고 즐겁게 하고 고통스럽게도 한다", "형태에 신경쓰지 마시오. 오로지 색상으로 보이는 것만을 그리시오. 그러면 형태는 저절로 따라오게 될 것이오", "나는 서서히 눈을 떴고, 자연을 이해하게 되는 한편 자연을 사랑하는 법을 깨달았다"고 했다. 이러한 그의 어록만 보아도 모네가 빛을 얼마나 중요하게 여겼는지, 색을 얼마나 사랑했는지, 자연을 관찰하며 캔버스에 담는 것을 얼마나 즐거워했는지를 느낄 수 있다. "내가 가장 잘하는 두 가지는 그림 그리는 일과 정원 가꾸는 일이다"라고 했던 그의

말이 이를 잘 뒷받침해 주고 있다.

　화가로서 모네는 빛의 예술가로 일컬어질 만큼 빛과 색에 집착하였다. 빛과 색의 관계에 천착한 그는 식물과 정원 그림을 통해 자연광이 만들어낸 절묘한 명암(빛과 그림자)의 아름다움을 독특하게 표현해냈다. 그래서 그를 '빛과 그림자의 마술사'라고 부르기도 한다. 그의 그림에 찬란한 빛과 어두운 그림자의 두 본질이 공존하면서 비로소 하나의 작품으로 탄생하듯, 어쩌면 우리 삶 속에서도 두 본질을 받아들이고 적절한 조화를 끌어내야 하는 것이라고 말하고 싶었는지도 모른다. 모네는 마네와 마찬가지로 인상파 화가인데 두 사람은 '마네모네'라 붙여서 불릴 만큼 떼려야 뗄 수 없는 막역한 사이였다고 한다. 마네가 순간적인 인상을 예리하게 그린 화가라면, 모네는 빛의 작용에 사물이 시시각각 달라지는 모습을 '색깔의 세계'로 바꾸어 놓았다고 평가받는다. 그것은 한 마디로 말하면 '관찰의 힘'이라고 말할 수 있다. 정원사로서 모네는 자신이 추구하는 작품의 원천은 정원에 있다고 말할 정도로 정원을 사랑했고, "정원은 나의 가장 아름다운 명작이다"라고 말하며 정원에 대한 애정과 자부심을 드러내기도 했다.

　르네상스의 15세기부터 17세기 바로크 시대를 거치며 작가들은 하나같이 그림을 그리기 위해 물체를 관찰했다. 그러면서도 자연 그 자체를 관찰하는 풍경화에 그다지 관심을 두지 않았다. 19세기 이전까지의 풍경화란 주로 신화에 등장하는 목가적 풍경이나 이상적 전원생활 등을 그리는 것이 고작이었다. 이런 가운데 풍경화에 주목하고 야외에서 그림을 그린 사람들은 주로 인상파 화가들이었다. 모네가 태어난 다음해인 1841년, 영국에 거주한 미국화가 존 고프 랜드John Goffe Rand, 1801-73가 튜브물감을 발명하면서 풍경화는 더욱 힘을 받게 되었다. 이전에는 주로 돼지 방광에 유화물감을 담아 사용했는데 튜브물감 덕분에 어두운 실내를 벗어나 자연으로 뛰쳐나온 모네는 모든 물체에 고유한 색이란 따로 없다는 것을 인식하게 되었다. 사과는 빨갛고 바나나는 노랗고 초원이 푸르다는 고정관념에서 벗어날 수 있었다. 모든 사물은 순간순간 빛의 작용에 의해 다른 빛깔을 낸다는 것이다. 석양빛을 받으면 푸른 풀잎도 노란 꽃들도 붉어질 수 있다고 생각한 것이다. 모네는 주저 없이 물체에서 반사해 나오는 빛의 작용을 색깔의 세계로 전환해 화폭에 담았다. 물체로부터 빛이 반사되는 그 순간, 그 빛깔은 영원히 되돌아오지 않는다고 생각했다. 바로 빛이 연출하는 '찰나刹那의 미학'에 모네는 빠져들었던 것 같다. 어쩌면 같은 소재에 유사한 구도로 그려지는 수련 연작의 그림들도 그런 관점에서 보면 그릴 때마다 달랐을 것이다. 빛과 색의

오묘한 차이를 섬세하게 관찰한 화가의 감성이 어떻게 표현되고 있는지 눈여겨보는 것도 묘미가 있을 것 같다.

더 다양한 자연을 보며 빛의 영감을 얻고자 했던 모네는 1886년 풍차와 튤립의 나라 네덜란드로 갔다. 넓은 벌판에 튤립꽃밭이 끝없이 펼쳐져 있고 그 가운데 풍차가 우뚝 솟은 것을 보았다. 그 자리에서 스케치하고 귀국하여 〈네덜란드의 튤립〉이라는 작품을 그렸다. 들판에 부는 바람이 풍차를 흔들고 튤립에 파문을 일으키는 순간을 묘사한 것이다. 모네의 그림은 순간을 영원으로 만드는 마력이 있다. 모네의 작품 인생에서 빼놓을 수 없는 것이 또 하나 있다. 바로 일본의 목판화 예술인 우키요에浮世繪다. 현대 서양미술의 근간이라고 할 수 있는 인상파가 일본의 대중적인 채색 목판화를 밑거름으로 발전했다는 것은 참으로 아이러니하지만 그것은 사실이다. 인상파 화가 모네 역시 일본 판화 수집광이었는데 그가 수집한 작품만도 231점이나 되는 것으로 알려져 있다. 그는 당시 일본목판화를 접하고 새로운 표현양식과 낯선 감각에 적잖이 놀랐고 많은 영감을 받았던 것으로 보인다. 모네가 일본 판화를 수집하기 시작한 시점에 대해서는 여러 가지 추측이 있다.

그의 전기작가 구스타브 제프루아Gustave Geffroy와 장 피에르 오슈데Jean-Pierre Hoschede는 모네가 네덜란드 잔담에 머물렀던

1871년 처음으로 일본 판화를 접했다고 말한다. 우키요에로 불리는 일본 판화는 그 당시 유럽으로 수출되는 일본 도자기의 포장지로 사용되었는데, 모네가 우연히 네덜란드에서 소포용 포장지를 풀다가 이를 처음으로 접하게 되었다고 한다. 우키요에를 접한 그는 엄청난 감동을 받았다고 한다. 집으로 돌아온 모네는 다시 펼쳐 본 포장지에서 낯설지만 묘한 끌림을 받았는데, 그것이 바로 일본 판화를 수집하게 된 계기가 되었다. 그래서 지베르니에 가면 프랑스와 일본을 동시에 만나볼 수 있다. 이질적인 동양과 서양 예술이 한 예술가의 안목에 의해 서로 융합되어 새로운 예술작품으로 재탄생한 것이다.

모네는 자연 속에 감춰진 빛과 색의 오묘한 아름다움의 실체를 그의 섬세한 관찰력을 통해 예술로 승화시켰다. 덕분에 우리는 한층 더 깊은 예술의 세계를 맛볼 수 있게 되었다. 지베르니는 모네가 지나가다 우연히 만난 마을이다. 그러나 이제 지베르니는 모네의 마을이 되었다. 그의 탁월한 시선과 열정으로 인해 자신의 이름이 마을을 대표하는 고유명사가 된 것이다.

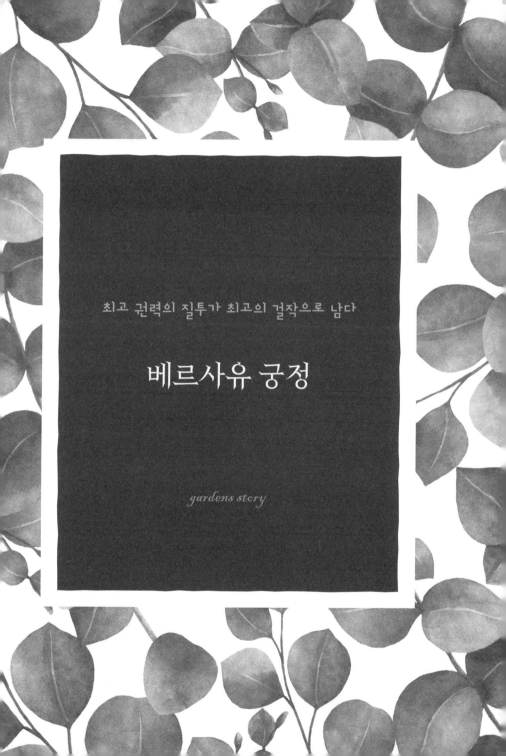

최고 권력의 질투가 최고의 걸작으로 남다

베르사유 궁정

gardens story

세계 최고의 정원,
베르사유 궁정

프랑스에 가면 꼭 들러보고 싶지만 왠지 망설여지는 곳이
있다. 바로 루브르 박물관이다. 왜냐하면 갈 때마다 긴 입장
객 행렬로 인해 어지간한 인내심이 아니고서야 줄 서는 것 자
체를 포기하는 경우가 적지 않기 때문이다. 그런데 그 못지
않게 많은 사람들이 찾는 곳이 있는데 바로 베르사유 궁정宮
庭이다.

이 궁정은 프랑스 파리 남서쪽 베르사유Versailles에 위치해 있
는데 루이14세의 절대왕정을 상징하는 곳이다. 웅장한 바로
크 양식의 궁전건축물과 정교하고 광활한 면적의 정원들이 보
는 이들을 압도한다. 이곳은 역사적, 경관적 가치를 인정받

아 1979년 유네스코 세계문화유산에 등재되었다. 이런 엄청 난 베르사유 궁정이 탄생한 이야기는 언제 들어도 흥미진진 하다. 프랑스 최전성기를 구가했던 왕으로 '태양왕'이라고도 불리는 루이14세Louis XIV는 어느 날 당시 재무장관 니콜라스 푸 케Nicolas Foucquet로부터 보르비콩트Vaux-le-Vicomte 성에 초대받게 되었다. 그런데 지금까지 접해 보지 못했던 웅장한 규모와 화려한 디자인에 놀라움을 금할 수 없었다. 단순히 부러움에 그친 것이 아니라 극도의 질투심으로 이어졌다. 왕의 환심을 사려 했던 푸케는 그의 의도와는 달리 결국 부정축재자로 몰려 평생을 감옥에서 보내게 되는 비극을 초래하고 말았다. 그런 후 루이14세는 보르비콩트 성 조성에 참여했던 전문가들을 모조리 불러서 보르비콩트를 능가하는 최고의 궁정을 지으라고 지시하게 된다. 당대 내로라하는 건축가 르보Le Vau, 망사르Jules Hardouin-Mansart, 실내 장식가 르브룅Charles Le Brun, 조경가 르노트르 André Le Nôtre 등이 참여했는데 무려 50년 동안 막대한 비용을 들여 완성하였다. 원래 습지였던 부지를 완전히 바꾸어 놓았는 데 숲을 조성하고, 물을 끌어들여 분수를 만들기 위해 강줄기마저 바꿀 정도였다고 한다. 또한 궁전건물의 상판에서 천장의 못 하나까지 섬세하게 장식할 정도로 화려함의 극치를 선보였다. 왕은 루브르 궁(현재 루브르 박물관)에서 베르사유 궁정

으로 이사한 후 수많은 귀족들과 더불어 하루가 멀다고 초호화판으로 연회를 열었다고 한다. 이것은 귀족들을 자기편으로 만들려는 루이14세의 정치적 전략이었지만, 이로 인해 결국 프랑스혁명으로 이어지는 도화선이 되고 말았다.

베르사유 궁정은 역사적으로나 건축사적으로 매우 의미 있는 장소지만, 베르사유 궁정의 백미는 무엇보다 정원이라는 것을 알 수 있다. 1.85㎢에 이르는 너른 부지에 한 치의 오차도 없이 정교한 설계로 숲, 길, 분수, 조각 등 30여 개의 주제를 가진 정원이 마치 퍼즐 그림을 맞추어 놓은 듯 완성도 높게 펼쳐져 있다. 이 정원들은 당시 최고의 조경가인 르 노트르가 설계했는데 1668년에 일차적으로 완성했다. 이후 망사르가 참여하여 약간 수정을 했고, 각종 조각과 분수, 플랜트 박스 등은 르브룅이 디자인하였다. 이 정원은 단연 프랑스 정원 가운데 최고의 걸작으로 일컬어지고 있다. 이후 프랑스 평면기하학식 정원의 교본이 되어 유럽은 물론 전 세계에 큰 영향을 미치게 되었다.

궁전건물, 조각품, 분수대, 토피어리Topiary 정원 등에서 볼 수 있듯이 극도의 인공조형미와 거기에 균형을 맞추고 있는 숲과 물 등에서 느낄 수 있는 자연미는 눈의 황홀함은 물론이고 심리적 안정감을 갖게 해 준다. 뿐만 아니라 정원은 사계절

을 배려하여 설계되었는데 어느 계절에 방문하더라도 정원의 품격을 잃지 않는다. 실제 숲정원이 있는 십자가로 인근에는 각각 봄, 여름, 가을, 겨울을 주제로 한 연못이 조성되어 있다. 물을 활용한 수변경관으로는 라톤의 샘Basin de Latone과 아폴론의 샘Basin d' Apollon이 있고 그랑카날Grand Canal과 프티카날Petit Canal이라는 십자형 대운하가 있어 정원의 중심축 역할을 하고 있다. 대운하에서는 보트를 즐길 수 있고, 숲길을 따라 산책이나 자전거도 즐길 수 있다. 분수를 이용한 '음악이 있는 물쇼Les Grandes Eaux Musicales'가 겨울을 제외하고 매주 주말에 열리는데 분수는 설계 당시와 크게 다르지 않다고 한다. 여름에는 불꽃놀이와 조명이 어우러진 '밤의 축제Les Fête de Nuit'도 열리고 있다.

한낱 질투로 시작된 베르사유 궁정은 시대를 대표하는 권력의 상징이었을 뿐 아니라 다양한 역사적 흔적을 담고 있다. 루이14세의 비판자 생시몽Saint-Simon의 회고록 《루이14세와 베르사유 궁정》[27]에 의하면, 당초 베르사유는 습지여서 거주지로서는 부적합한 곳이었다. 이처럼 불리한 여건을 극복하며 자신만의 유토피아를 건설하려 한 것이었다. 특히 수십 년간 막대한 비용을 들인 악취미의 소산所産인 베르사유 궁정은 엄청난 금을 삼켜버렸다며 왕의 과시욕을 비판했다. 흔히 정원을 일컬어 '완성되지 않은 작품'이라고 하는데 이는 아름다움이라는 것이 결코 완성될 수 없는 이치와 다르지 않다고 할 수 있다. 어떤 의미에서 베르사유 궁정은 끝없는 인간의 욕망을 고스란히 반영하고 있다고 해도 과언이 아니다. 아이러니하게도 지금은 역사적 평가와는 무관하게 프랑스의 대표적인 명소가 되어 있다. 조경가, 건축가, 조각가 등 다양한 전문가들의 합작품인 베르사유 궁정은 세계 정원사에서 결코 빼놓을 수 없다. 누가 뭐래도 세계 최고의 정원이다.

정원은 융복합문화를 상징하는
창조적 산물이다

정원을 흔히 종합예술이라고 일컫는다. 그도 그럴 것이 조경가를 비롯하여 건축가, 조각가 등 다양한 전문가들이 합작하여 만들어낼 뿐 아니라, 식물이라는 과학적 요소, 조각이나 장식품 등의 예술적 요소, 토목이나 건축 등의 공학적 요소 등이 융복합적으로 결합하여 만들어지는 종합적 결과물이기 때문이다. 베르사유 궁정이 주목을 받는 이유도 그런 요소들이 융합되어 만들어진 완성도 높은 결정체를 한눈에 볼 수 있다는 점 때문일 것이다. 그저 궁전건물만 덩그러니 세워져

있다면 박물관이나 기념관을 구경하는 것과 크게 다를 바 없을 것이다.

　광활하게 펼쳐진 정원을 감상하다 보면 한번쯤 살아 보고 싶은 생각이 들 수도 있을 것이다. 하지만 이 궁정을 통해 왜 자연을 관리해야 하고 어떻게 활용해야 하는지에 대해 느낄 수 있다. 우리의 도시를 떠올려 보자. 여기저기 산재해 있는 수없이 많은 자연과 전통자원들은 어떤 상태인가? 자연도 예술도 끊임없이 갈고 닦을 때 빛이 난다는 사실을 깨달을 수 있다. 또 다양한 분야의 사람들이 지혜를 모아 마치 한 사람이 설계한 것처럼 걸작을 만들었다는 점도 간과해서는 안 될 것 같다. 그리고 최고의 완성도는 모든 것이 어떤 형태로 어디에 위치하느냐가 매우 중요한데, 균형과 조화의 극치미를 연출하고 있는 베르사유 궁정을 보면서 적재적소適材適所의 의미를 다시금 되새겨 본다.

튤립, 사랑과 욕망으로 피어나다

튤립 가든

Tulip Garden

튤립이 전하는
쾨켄호프의 봄

　네덜란드 하면 '물의 도시' 혹은 '풍차마을' 등이 생각나
고, 후기 인상주의 화가로 〈자화상〉, 〈해바라기〉, 〈별이 빛나
는 밤에〉 등의 명작을 남긴 고흐의 고향이라는 것도 떠오른
다. 네덜란드는 한국에 관한 서양인 최초의 저술인《하멜 표
류기》의 저자 하멜Hendrick Hamel, 1630-92의 나라기도 하다. 어디 그
뿐인가 2002년 한국 축구를 월드컵 4강으로 이끌었던 히딩크
감독의 출신지라는 점도 빼놓을 수 없다. 그래서 그런지 왠지
친근하게 느껴지는 것도 사실이다.
　어느 나라를 막론하고 누군가에게 호감을 주거나 상징할
만한 요소를 보유하고 있다는 것은 참 행복한 일이다. 그것

이 누구나 좋아할 만한 '사람' 혹은 '꽃'이라면 더 할 나위 없이 좋다. 그런 면에서 네덜란드는 고흐의 고향이고 나라를 대표할 만한 브랜드 가치를 지닌 '튤립'이 있어 아주 부러운 나라다. 네덜란드는 전 국토의 3% 정도가 꽃 재배 생산지일 정도로 일명 '꽃의 나라'다. 특히 튤립이 유명한데 튤립하면 떠오르는 곳이 바로 쾨켄호프다. 쾨켄호프 정원을 중심으로 반경 20㎞에 이르는 들판에는 세계 최대 규모를 자랑하는 꽃 재배단지가 펼쳐져 있다. 그리고 그 중심부에 튤립의 낙원이라

고 할 수 있는 쾨켄호프 튤립 가든이 환상적인 자태를 하고 들어서 있다.

쾨켄호프는 세계에서 가장 아름다운 봄 정원으로 지명 자체에 이미 정원이라는 의미가 들어가 있다. 15세기 이곳은 숲과 언덕으로 이루어진 곳으로 한 백작부인의 사유지였다. 귀족들의 연회를 위해 허브와 야채를 재배하던 곳으로 사냥터로 이용하기도 하였다. 그래서 '쾨켄호프'라는 이름도 부엌이라는 뜻의 '쾨켄Keuken'과 정원을 의미하는 '호프hof'가 합쳐진 데에서 유래되었다. 정원에 들어서면 700만 송이의 튤립과 다알리아, 히아신스 등이 32만m²의 정원을 가득 채우고 있다.[28] 붉은색, 노란색, 하얀색 등 형형색색의 꽃들이 수를 놓은 듯 정연하게 디자인되어 있다. 마치 양탄자처럼 잘 관리된 푸른 녹색잔디가 깔려 있고 요소요소에 자리 잡고 있는 다양한 수목들, 그리고 정원 이곳저곳으로 연결되어 있는 수변경관이 한데 어우러지면서 환상적인 분위기를 연출하고 있다.

쾨켄호프 정원은 1840년경 조경가인 얀 데이비드 조처Jan David Zocher가 아버지를 이어 본격적으로 조성했으며 지금은 네덜란드 제일의 화원이 되었다. 쾨켄호프 정원의 꽃 전시는 1949년 당시 리세 시의 초대시장인 람부이에 의해 시작되었다. 당초 쾨켄호프 성이 있던 곳에 28만m²에 달하는 면적을 화훼정원으로 가꾸고 이듬해부터 튤립축제를 개최하기 시작했다. 그는 리세 시의 뛰어난 12명의 튤립구근 재배농부, 그리고 수출업자 등과 협력관계를 구축했다. 이후 보다 많은 소비자들에게 아름다운 튤립을 선보이기 위해 '야외 꽃 전시회'를 개최하였다. 이것이 해를 거듭하면서 방문객수가 증가하게 되었고 지금은 세계에서 가장 큰 규모의 꽃 축제로 자리매김하게 되었다. 이 축제는 봄의 시작을 알리는 3월부터 시작하기 때문에 '유럽의 봄은 쾨켄호프로부터 시작된다'는 말이 있을 정도다. 그래서 쾨켄호프는 일명 '유럽의 정원'이라 불리기도 한다.

튤립은 사랑의 꽃이다
하지만…

튤립의 원산지는 파미르 고원으로, 유목민들에 의해 페르시아와 터키 등으로 전해진 것으로 추정하고 있다. 이 꽃은 터키에서 워낙 사랑을 많이 받았는데 이슬람교도들이 머리에 쓴 '터번Turban'의 모습과 비슷하다고 하여 튤립Tulip으로 부르게 되었다고 한다. 이후 1593년 샤를 드 레클루즈라는 식물학자

에 의해 처음 네덜란드에 들어온 것으로 알려져 있다. 16세기는 네덜란드가 스페인 점령에서 벗어나 성장할 무렵으로 새로운 지배계급이 등장하면서 이들이 튤립을 부와 교양을 과시하는 수단으로 사용하기 시작하면서 네덜란드 전역으로 퍼지기 시작했다.

튤립은 백합과 구근초로서 지금은 정원에서 어렵지 않게 볼 수 있는 식물 중 하나다. 꽃은 붉은색을 비롯하여 다양한 색상들을 접할 수 있는데, 순백색에서 노란색과 자주색, 보라색은 물론 심지어 검정에 가까운 색에 이르기까지 실로 다양하다. 최근에는 약 4000여 종의 신품종이 개발되었다고 한다. 우리나라에 개나리, 진달래 등이 봄을 대표하는 꽃들이라고 한다면 유럽에서는 튤립이 봄을 대표하는 꽃이라고 할 수 있다.

이런 튤립이 축제나 정원과 관련해서 뿐 아니라 경제적인 측면서도 엄청나게 주목을 받은 에피소드가 있다. 1630년대 네덜란드에서는 수입된 지 얼마 되지 않아 터키 원산의 튤립이 큰 인기를 끌었고, 이윽고 튤립에 대한 사재기 현상까지 벌어졌다. 꽃이 피기도 전에 미리 계약하여 사고파는 선물거래까지 등장할 정도였다. 이와 같은 열풍은 네덜란드에서는 1633년에서 1637년 사이에 절정에 이르렀다. 그 이전까지는 튤립 매매를 직업으로 한 재배자와 전문가들 사이에서 주로

이루어졌으나 가격이 천정부지로 치솟자 평범한 중산층이나 저소득층 사람들마저 튤립시장에 뛰어들게 되었다. 구근을 사서 더 비싼 가격으로 되팔기 위해 집과 토지, 그리고 공장을 저당 잡힐 정도였다고 한다. 튤립은 구근이 수확되기도 전에 거래가 이루어졌고 귀한 변종들은 한 뿌리에 수백 달러 상당의 가격으로 팔려나갔다. 과연 가격이 언제까지 오를 것인가 하는 의구심이 제기된 상황에서 1637년 초에 돌연 파국이 찾아왔다. 거의 하룻밤 사이에 튤립 가격이 붕괴되면서 네덜란드의 많은 평범한 가정들이 파산하는 일이 발생한 것이다. 1636년 12월에 네덜란드에서 출판된 한 팸플릿은 희귀한 꽃을 피우는 튤립구근 한 뿌리를 팔아 살 수 있는 상품목록을 제시한 바 있었는데 요컨대 살찐 돼지 8마리, 살찐 황소 4마리, 살찐 양 12마리, 밀 24톤, 와인 2통 등이었다. 구근 한 뿌리로 한 재산 만들어 보겠다는 어처구니없는 투기현상이 벌어진 결과 발생한 현상이다. 17세기 중엽 네덜란드 전역에 휩쓸아쳤던 '튤립 파동Tulip Bubble'은 역사상 가장 악명 높은 투기 사례 중 하나며, 네덜란드는 물론 세계 최초의 자본주의 거품현상Bubble Phenomenon으로 기록될 정도다. '튤립 파동'이란 용어는 그 이후 거대한 경제적 거품을 말할 때 흔히 사용하게 되었다.

튤립의 품종이 다양한 만큼 꽃 색깔에 따라 그 꽃말도 다양

하다. 빨간색은 '사랑의 고백'인 반면 하얀색은 '실연', '용서'
이고, 노란색 튤립 꽃말은 '이루어질 수 없는 사랑' 혹은 '희망'
이다. 또 자주색은 '영원한 사랑'인데 자주색보다 진한 보라색
은 '영원하지 않은 사랑'이다. 그리고 검정색 튤립의 꽃말은
'나는 사랑에 불타고 있다' 혹은 '사랑의 저주'라고 한다. 대개
꽃에 붙여지는 꽃말은 아름답고 긍정적인 메시지를 담아내는
경우가 많은데 튤립만은 그렇지 않다. 아마도 튤립과 관련된
역사적 사건 등으로 연상되는 인간의 이중적 내면을 함축적
으로 담아내고 있지 않나 생각한다. 이와 관련하여 등장한 소
설이 있었는데《삼총사》,《몬테크리스토 백작》등으로 유명
한 소설가 알렉상드르 뒤마Alexandre Dumas Père, 1802-70의 소설《검은
튤립Black Tulip》[29]이다. 당시 튤립 파동이 담긴 내용인데 꽃을 꽃
으로 보지 못하고 투기를 통해 경제적 이익에만 집착하는 풍
조에 대해 픽션을 가미해 그린 작품이다. 당시 많은 사람들이
튤립의 경제적 가치를 높이기 위해 다양한 색깔의 품종개발에
몰두하기도 했는데 이런 현실과 동떨어진 허무한 욕망을 '검
은 튤립'에 비유한 것이다.

　꽃이나 정원을 가꾸는 일은 우리에게 소소한 기쁨을 주고
행복감을 느끼게 한다. 그 안에 분명히 위로와 치유가 있고 또
사람들에게 영감과 활력을 주기도 한다. 흔히 꽃을 선물하는

것도 자신의 순수성과 진실함을 말로 표현하는 대신 아름다움을 상징하는 꽃을 통해 전하고자 하는 선한 의지가 담겨 있다. 그래서 누구나 꽃을 받는 순간만큼은 마음이 움직여 감동하는 것 아닐까. 마찬가지로 정원을 가꾸는 일도 자연 본연의 가치를 찾아내고 그 안에서 우리 삶에 필요한 에너지를 얻고 그것을 공동체와 더불어 나눌 때 의미가 있는 것이다. 튤립이 아름다운 꽃임에 틀림이 없다. 하지만 그 아름다움을 경제적 가치로 환산하고 거기에 지나치게 집착하게 되면 꽃이 주는 감동이나 진정한 가치 또한 사라지고 말 것이다. 어떤 일이든 그 본질에서 벗어나면 모두가 꿈꾸는 '유토피아Utopia' 대신 뜻하지 않는 '디스토피아Dystopia'가 도래할 수 있음을 말해 준다.

기업가의 삶의 철학이 정원문화를 꽃피우다

롱우드 가든

Longwood Gardens

정원의 새로운 지평을 제시한
롱우드 가든

　롱우드 가든을 처음 접했던 순간으로 잠시 돌아가 생각해 보면, '우리가 꿈꾸던 낙원이 바로 이런 곳을 두고 하는 말이 아닐까'라고 생각할 정도로 참 행복했던 기억이 떠오른다. 상상했던 그 이상의 정원을 감상할 수 있다는 것 자체가 너무 신나서 허투로 시간을 쓰고 싶지 않아 숨 돌릴 틈 없이 분주하게 발길을 옮겼었다. 당시를 떠올려 보면 아름다우면서도 생소한 정원풍경을 신기해하며 눈과 마음을 완전히 빼앗겼었던 것 같다.

　명시성明視性이 뛰어난 입구를 지나 그늘을 드리운 주차장에 차를 세우고 입장권을 판매하는 건물로 들어선 순간, 마치 호텔 로비에 와 있는 것 같은 정연함과 세련됨에 짐짓 놀라지 않을 수 없었다. 그곳은 화장실, 휴게실을 비롯하여 정원용품점과 전시관, 정원 관련 서적들을 구입할 수 있는 서점 등이 비교적 잘 갖춰진 다목적 공간으로 꾸며져 있었다. 이처럼 정원이 격조 있는 문화공간이 될 수 있다는 것에 눈이 번쩍 뜨였고, 우리와는 달리 대중화된 정원문화가 내심 부러웠다. 본격적으로 정원을 감상하면서 놀라움은 한층 더해 갔다.

주변의 정원에서는 쉽사리 경험하지 못했던 광활한 규모와 공간구성, 그리고 계절마다 제공되는 각종 이벤트와 프로그램 등은 그야말로 정원이 사람들의 삶의 질에 얼마나 크게 기여하고 있는지 잘 말해 주었다. 또 단순히 여가문화공간으로서 뿐 아니라 산업적 측면에서도 크게 기여하고 있음을 알 수 있었다. 눈앞에 펼쳐지는 정원풍경은 처음부터 압도하기보다는 조끔씩 흥미를 배가시키며 하나하나 베일을 벗어가며 매력을 발산하였다. 때로는 숨을 멈추게 하고 때로는 탄성을 지르게 하며 정원이 가지고 있는 자연미, 예술미 등을 조목조목 보여주며 잠시도 지루할 틈을 주지 않았다. 세상에 무수히 많은 식물원과 수목원, 크고 작은 정원들은 모두 저마다의 이야기를 가지고 있다. 롱우드 가든도 다르지 않았다. 완성도 높은 정원을 완성하기 위해 적지 않은 세월 동안 땀과 열정을 쏟

Tropical Waterlilies

앉고 자신들의 철학과 비전을 실현하기 위해 지속적으로 가꾸어 온 것이다. 롱우드 가든 곳곳에는 정원사들로 보이는 사람들이 감상하는 사람들을 방해하지 않으려고 주의 깊게 정원을 주시하며 분주한 손길을 멈추지 않고 있었다.

펜실베이니아 주의 자그마한 마을 케넷 스퀘어Kennett Square에 있는 롱우드 가든은 정원 디자인 및 원예 관련 교육 프로그램과 예술 및 문화 이벤트를 통해 사람들에게 휴식과 치유를 선사하고 삶에 활력을 불어넣는 것을 최우선 과제로 삼고 있다. 롱우드 가든은 20여 개의 옥외정원과 20여 개의 실내정원으로 구성되어 있는데, 난, 분재, 수련, 베고니아 등을 비롯하여 전 세계로부터 수집된 조경식물을 상당수 보유하고 있다. 특히 계절에 따라 난 전시Orchid Extravaganza, 봄꽃축제Spring Blooms, 릴리토피아Lilytopia, 분수축제Festival of Fountains, 가을색채축제Autumn's Colors, 국화축제Chrisanthemum Festival, 그리고 크리스마스 이벤트Christmas at Longwood 등 때에 따라 색다른 테마로 제공되고 있다.

현재 이 정원은 롱우드 재단과 미국 농무부가 공동으로 운영하고 있다. 정부나 지방자치단체의 지원 없이 그가 남긴 유산과 입장료수입, 가든숍, 레스토랑 등의 수익금으로 충당하고 있다. 현재 50여 명의 정원사와 600여 명에 달하는 시설관리직원, 학생, 자원봉사자들에 의해 운영되고 있다. 세계 최고

정원으로서 명성을 유지하기 위해 부단히 노력하고 있다. 특히 미국에 들여올 관상식물들을 찾아 세계 각국을 돌아다니는 탐험대를 후원하고 있다. 재단은 이 정원에 지속적으로 투자하면서 숲을 보호하며 시민의 휴식처 및 문화공간으로 사회에 공헌함과 동시에 문화산업으로 발전시켜 가고 있다.

롱우드 가든의 장점은 연중 선보이는 각종 프로그램과 이벤트에 있다. 그 가운데 백미는 크리스마스 축제다. 추수감사절부터 본격적으로 시작되는 미국의 연말축제 분위기는 크리스마스가 다가오면서 절정에 이르고, 이 시즌에만 연간 방문객의 25% 정도에 이르는 많은 사람들이 롱우드 가든을 찾는다고 한다. 롱우드 가든의 크리스마스 축제역사는 듀퐁이 1921년 온실을 개장한 후 온실 안에서 처음으로 크리스마스 파티를 개최한 때로 거슬러 올라간다. 평소 지인들과 직원 및 그 가족들을 초청하여 성대한 크리스마스 파티를 열었다고 한다. 1954년 듀퐁이 세상을 떠난 후, 1957년부터 롱우드 가든의 크리스마스 이벤트는 일반인을 받아들이기 시작하면서 보다 체계화되었다. 특히 매년 관람객이 증가하고 있는데, 2018년 약 25만여 명이 크리스마스 시즌 동안 방문하였으며, 하루에 많게는 1만 5000명에 이르는 사람들이 방문하기도 한다.[30] 이 시즌이야말로 연중 가장 중요한 시기라고 할 수 있는데, 많은 방문객들이 이때의 롱우드 가든을 가장 좋아하고 특별하게 여기기 때문이다.

롱우드 가든은 정원 백화점이라고 할 수 있을 정도로 전 세계의 다양한 정원을 선보이고 있다. 가장 먼저 선보인 것은 이탈리아 정원인데 이탈리아 정원의 특징을 잘 살리면서도 지형과 식물을 활용하여 또 다른 매력을 선보이고 있다. 또 프랑스 베르사유 궁정에서 본 듯한 평면기하학식 정원과 토피어리 정원 등이 조성되어 있고, 영국의 대표적인 자연풍경식 정원과 독일의 삼림정원 양식도 볼 수 있다. 게다가 아프리카 등에서 들여온 열대식물과 선인장, 국화, 난 등으로 꾸며진 온실 안의 실내정원도 자못 흥미롭다. 그리고 빼놓을 수 없는 것이 롱우드 정원의 자랑인 목장원牧場園, Meadow Garden이다. 야생의 느낌물씬 풍기는 이 정원은 마치 어린 시절 뛰놀던 들판을 연상시키기도 하고, 금방이라도 풀숲에서 양떼들이 뛰쳐나올 것만 같은 목가적인 풍경을 연출하고 있다. 인위적인 손을 가하지 않고 그야말로 자연 그대로의 아름다움을 느끼도록 설계한 것이다. 롱우드 가든은 야생 생태계와의 공존을 전제로 시민들의 커뮤니티 공간으로서의 기능을 배려하고 있고, 나아가 자연과의 소통방법 등을 제시하고자 하는 설계자의 철학이 정원 곳곳에 잘 반영되어 있다.

듀퐁의 기업정신,
정원문화로 꽃 피우다

미국인들이 가장 사랑하는 정원 중 하나로 꼽히고 있는 롱 우드 가든은 필라델피아 시내에서 자동차로 50여 분 거리에 위치해 있다. 이 정원은 1700년 피어스Peirce라는 이름의 퀘커 가문Quaker Family이 농장용지로 구입하면서부터 시작되었다. 이후 가문의 대를 이어 조슈아와 사무엘 피어스가 1798년부터 농장 주변에 수목원을 조성하기 위해 각종 나무들을 식재하였다. 점차 나무들이 자라 숲을 이루자 이곳을 피어스 공원Peirce's Park이라고 부를 정도였다고 한다. 그러나 이후 수목원 나무들이 목재로서 가치를 갖게 되자 수익을 위하여 대규모 벌목계획이 수립되었다고 한다. 1906년 당시 듀퐁du Pont과 제너럴 모터스General Motors의 회장이었던 피에르 듀퐁Mr. du Pont, 1870-1954은 이 소식을 접하고 농장과 수목원을 사들여 숲을 보호하게 되었다. 그가 매입한 땅은 약 4.2㎢(약 130만 평)에 이르는 광활한 면적이다. 오늘날 롱우드 가든이 갖추고 있는 온실과 이탈리아 정원 등 기본적인 틀이 대부분 이 시기 피에르 듀퐁에 의해 설계되고 조성된 것이다.

원래 듀퐁 가문은 프랑스에 살았었는데 프랑스 혁명기에 미

국으로 건너오게 되었다. 이후 듀퐁 가의 둘째 아들인 이 아이 듀퐁E. I. du pont이 펜실베이니아 주와 델라웨어 주 경계에 위치한 브랜디와인 밸리에 1802년 화학회사를 창립하게 되었는데 여기서 수력을 이용해 화학공장을 돌렸던 것으로 알려져 있다. 초기 듀퐁은 화약을 만드는 회사였는데 남북전쟁, 영미전쟁 등을 거치며 굴지의 기업으로 성장하게 된다. 현재 잘 손질된 정원을 비롯해 매혹적인 역사박물관들이 들어서 있고 주변에 대저택들이 즐비하여 델라웨어 주 필수 관광코스로 손꼽히고 있다. 이후 피에르 듀퐁은 MIT에서 화학을 전공한 과학자로서, 그의 할아버지가 설립한 회사인 듀퐁 화학회사에

들어가 약 50여 년 동안 이끌어 왔다.[31] 피에르 듀퐁은 나일론, 스펀지 등의 발명으로 세계를 떠들썩하게 하며 인조섬유 시대를 열었던 혁신적인 인물이다. 그는 전문가로서도 성공을 거두었지만 천문학적인 부를 축적한 것으로도 유명하다. 그러나 무엇보다 그를 주목하게 한 것은 그의 기업정신과 사회를 향한 삶의 철학이었다. 자연과 환경을 사랑하고, 기업의 공공성을 중요시하였으며 예술에 대한 안목도 남달랐던 것으로 알려져 있다.

듀퐁사를 처음 설립한 그의 할아버지는 식물을 좋아했었고, 정원에 관심이 많았다고 한다. 덕분에 듀퐁은 어려서부터 정원과 친숙한 환경에서 자랐고 그 역시 식물과 정원에 관한 해박한 지식을 갖게 되었다. 그는 기업가, 자선사업가, 정원 설계가, 지휘자, 식물수집가 등 다양한 수식어가 늘 따라다닐 정도로 다재다능한 사람이었다. 그는 프랑스, 영국, 이탈리아 등 여러 나라 유수의 정원들을 섭렵했으며, 세계박람회 등을 참관하며 분수, 조명, 장식예술 등 새로운 기법에 대한 안목을 더욱 넓혔다. 그리고 실제 정원에 워터가든, 분수조명, 야외극장 등을 첨단기술과 접목하여 아름다운 정원으로 가꾸었다.

듀퐁 가문이 남긴 사회적 유산은 롱우드 가든 이외에도 여기저기 산재해 있다. 대표적으로 윈터더 혹은 빈터투어Winterthur

라고 불리는 박물관 겸 야생정원이 있고, 이밖에도 헤글리 박물관Hagley Museum, 듀퐁 어린이병원, 듀퐁 고등학교 등이 있다. 또 박세리가 맨발로 연못에 들어간 곳으로 유명한 듀퐁 골프장도 빼놓을 수 없다. 피에르 듀퐁은 듀퐁 가문이 남긴 유산들이 자신의 사후에도 지속적으로 공익을 위해 역할을 할 수 있기를 바랐다. 그런 차원에서 각 유산별로 기부되거나 재단이 만들어져 운영되고 있다. 롱우드 가든 역시 더욱 아름다운 정원으로 가꾸어지길 간절히 바랐던 듀퐁은 1937년 롱우드 재단을 설립하였고, 이윽고 1944년 롱우드 가든의 미래를 정부에 기부하여 1946년부터 재단이 실질적인 운영을 하도록 했다. 그는 기부 인터뷰에서 "이 정원이 전시, 교육, 훈련, 위락 등 오직 공공의 유익을 위해 활용되기를 바란다"고 밝히기도 했다. 듀퐁에게 정원은 단순히 개인적인 취향을 뛰어넘어 지역사회의 실질적인 커뮤니티 공간으로서 기여하기를 원했고, 가능한 한 많은 사람들이 정원을 통해 긍정적인 에너지를 얻을 수 있기를 바랐던 것이다. 그의 철학은 현재까지 계승되어 롱우드 가든을 운영하는 중요한 지표가 되고 있다. 이를 실현하기 위해 재단은 교육, 예술 등을 대중들이 쉽게 접할 수 있도록 정원에 담아내는 노력을 지속하고 있다. 우리 기업들에게서도 이런 미담을 종종 들을 수 있다면 얼마나 좋을까.

관용의 도시에 숨을 불어넣다

골든게이트 파크

Golden Gate Park

정원을 품은 공원,
골든게이트 파크

  금문교로 유명한 샌프란시스코에는 그에 못지않게 자랑할
만한 것들이 참 많다. 해안경관이 아름다운 것은 물론이고, 도
시 전체가 지형을 그대로 살려 개발한 덕분에 미국에서 가장
곡선이 많은 도시로도 유명하다. 마치 파도를 타듯 곡예운전
을 하지 않으면 안 되는 어려움도 없지는 않지만 경사진 시가
지가 부정적으로 여겨지기보다는 거기에 맞춰진 건축경관이
나 운전문화 등이 색다르게 느껴진다. 경사진 도시 샌프란시
스코 하면 떠오르는 곳이 바로 구불구불한 도로를 상징하는
러시안 힐 롬바드 거리Russian Hill Rombard Street다. 불리한 여건마저
도 흥미로운 요소로 만들어낸 대표적인 사례가 아닌가 싶다.

　샌프란시스코는 예술과 낭만을 사랑하는 사람들이 모여 살
고 있는 곳으로도 유명하다. 그래서 그런지 현대적 감각이 물
씬 풍기는 세련된 도시라는 평가를 받기도 한다. 그러나 이 도
시가 무조건 유행을 좇는 것은 아니다. 오래전 이민자들이 세
웠던 역사의 거리Old Town도 잘 보전되어 있고 다양한 전통 및
문화공간 등이 이 도시를 더욱 풍요롭게 한다.

　샌프란시스코는 처음에는 조그만 마을들로 형성된 한적한
곳이었다. 그러나 1849년 금이 발견되자 도시 역사상 유례가

없을 정도로 급속하게 사람들이 몰리기 시작했다. 4만여 명의 금광탐사꾼들은 바다를 건너 들어왔고, 3만여 명은 그레이트 베이슨을 거쳐 들어왔으며, 또 9000여 명은 멕시코로부터 몰려들어 왔다. 이 도시는 금으로 인해 시작된 도시라고 해도 과언이 아니다. 금문교金門橋는 이처럼 샌프란시스코가 미국의 '골드러시'를 일으킨 도시라는 역사적 사실에서 유래한다. 현재 금문교는 이 도시를 상징하는 랜드마크 역할을 수행하고 있고 지금도 주야로 수려한 경관을 연출하고 있다.

또 이 도시는 다양성의 도시라고 할 수 있다. 19세기 후반의 50년 동안 이 도시로의 이민은 미국의 여느 도시와는 다른 독특한 특징을 보이고 있다. 요컨대 미국에서 태어나 서부로 이주해 온 사람들의 유입뿐만 아니라 현지화 과정을 거치지 않은 채 직접 샌프란시스코로 들어온 유럽인들이 다수를 차지하고 있다는 점이다. 그 결과 뉴올리언스와 더불어 가장 유럽인이 많은 곳이 되었다. 국가적 비율은 이탈리아, 독일, 아일랜드, 영국 등의 순이다. 그 밖에도 중국, 일본, 필리핀 등 동양인들도 어울려 살고 있다. 무엇보다 우리가 샌프란시스코를 매우 인상 깊게 기억하는 이유는 아마도 스콧 맥켄지Scott Mckenzie의 노래 때문일 수도 있겠다.

만약에 샌프란시스코에 가게 된다면 머리에 꽃을 꽂는 걸 잊지 마세요.

If you're going to San Francisco, Be sure to wear some flowers in your hair.

이 올드 팝의 가사처럼 샌프란시스코는 자유와 평화, 관용을 중시하는 도시다. 이 노래는 가사에서 보듯 히피들의 일상을 담고 있는데 머리에 꽂은 꽃은 모든 세대들이 편견 없이 함께 어울리자는 의미다. 어느 여름날 샌프란시스코 시가지에서 히피 집회love in가 있으니 샌프란시스코에 가게 되면 머리에 꽃을 꽂으라. 마치 정원의 꽃들이 각자의 독창적인 매력을 뽐내면서도 궁극적으로 아름다운 정원을 위한 요소가 되는 것처럼 더불어 사는 사회에 기여하자는 것이고 이런 취지에 동참해달라는 의미를 담고 있다.

그러면 머리에 꽂을 꽃을 찾으려면 어디로 가면 될까? 망설일 것도 없이 거의 모든 꽃들을 볼 수 있는 골든게이트 파크로 가면 된다. 이곳에는 식물원은 물론이고 영국, 일본, 뉴질랜드, 아프리카, 지중해 등 세계 각국의 테마 정원을 볼 수 있고, 철쭉, 목초지, 습지식물, 벚나무, 종려나무 등 식물의 종류별로 다양한 유형의 정원도 조성해 놓고 있다. 뿐만 아니라 폴로

경기장, 골프코스, 축구장, 어린이 전용놀이터 등 각종 스포츠 및 여가시설도 구비되어 있다. 게다가 박물관, 미술관, 야외음악당. 히피 힐Hippie Hill 등 문화교류공간도 갖추고 있어 명실공히 샌프란시스코의 녹색 허파이자 시민들의 복합 생활문화공간이라는 것을 알 수 있다.

골든게이트 파크는 원래 대부분 사구砂丘로 형성된 해안지역이었는데 이를 공원으로 개발한 것이다. 이 공원은 면적이 4.11㎢로서 세계 최대의 공원 수준이다. 참고로 뉴욕 맨해튼의 센트럴파크가 3.41㎢라는 점을 감안하면 어느 정도 규모인지 짐작할 수 있다. 1870년 이 공원이 계획되었을 때만해도 소수의 사람들만이 그 위치를 선호할 따름이었다. 당시 샌프란시스코는 작은 규모의 도시에 지나지 않았기 때문에 공원으로서 기능하기에는 너무 치우친 장소였기 때문이었다. 사질토양과 거센 바람으로 인해 공원을 특징짓는 무성한 조경은 좀처럼 기대하기 어려운 지경이었다. 완전히 새로운 생태계 시스템을 갖추기 위한 획기적인 변화가 필요했었다. 하지만 불가능하다고 여겨졌던 곳이 뜻있는 사람들의 노력으로 지속가능하면서도 아름다운 도시공원으로 탈바꿈한 것이다. 오늘날 샌프란시스코가 있을 수 있는 것도 이와 같은 기념비적인 업적을 남긴 덕분이 아닐 수 없다.

골든게이트 파크의 초안은 윌리엄 하모노 홀^{William Hammono Hall}이라는 젊은 토목기사에 의해 설계되었다. 그 후 존 맥라렌^{John Mclaren}이 더욱 정교한 디자인을 통해 발전시키게 되었다. 역사에 남을 만한 업적을 성취하기 위해서는 역시 혁신적인 마인드와 추진력이 뒷받침되지 않으면 안 된다는 것을 알 수 있다. 이 공원은 1894년에는 국제박람회 개최장소로 활용되기도 했고, 1906년 지진과 화재로 인해 2만여 명의 노숙자가 발생했을 때 임시 대피장소로도 훌륭한 역할을 수행하였다. 현재 골든게이트 파크는 단순한 도시공원이 아니다. 이제 시민들에게 없어서는 안 되는 문화와 복지의 보고이자 마치 멋진 종합 선물세트 같은 존재가 되었다.

정원의 가치,
브랜드의 힘에 주목한다

공원이 수목과 잔디 등 자연요소, 그리고 운동공간 및 산책로 등을 제공하는 곳 정도로 생각한다면 이제 그것만으로도 안일하다는 평가를 받을 수 있다. 골든게이트 파크가 보여주고 있듯이 공원이든 정원이든 보다 완성도를 높이고 시민들의 오감을 만족시키기 위해 꾸준히 노력하지 않으면 안 된다. 골든게이트 파크는 그저 단순한 공원이라기보다는 문화복합단지라고 해도 과언이 아닐 정도로 다양한 문화공간과 국가별, 식물 특성별, 테마별 정원 등 실로 다양한 정원의 매력을 선보이고 있다. 그 가운데 유독 일본 정원이 눈길을 끈다.

사실 세계 주요도시를 가 보면 어김없이 일본 정원이 조성되어 있어 많은 사람들로부터 부러움을 사고 있다. 세계 주요 도시마다 차이나타운이 형성되어 있는 것처럼 해외에서 일

본 정원과 조우하는 것은 이제 그리 놀라운 일이 아니다. 아마도 일본 정원은 그 정원의 콘셉트가 명확하고 자연성과 예술성을 겸비한 것으로 정평이 나 있어서 국가 브랜드로서나 관광자원으로서도 가치를 인정받고 있다. 골든게이트 파크에도 일본 정원이 멋지게 자리 잡고 있다. 심지어 골든게이트 파크의 팸플릿 표지를 장식하고 있을 정도로 비중 있게 여겨지고 있다. 일본 정원은 정원양식도 독특하지만 섬세한 관리를 통해 디테일한 감동을 전한다. 정원을 천천히 걸으며 감상하도록 유도하고 뭔가의 가치를 느낄 수 있도록 집중하게 만든다. 무엇보다 일본 정원은 어떤 브랜드보다도 가장 일본다움을 보여주고 있다. 이곳에는 일본 음식과 녹차, 다기茶器, 그리고 아기자기한 일본 전통소품들을 판매하면서 은근히 자국문화를 홍보하고 있다. 이렇게 일본 정원은 영국 정원 등과 더불어 예술과 문학을 비롯한 도시 디자인의 모티브를 제공하면서 사람들의 삶의 질을 향상시키는 데 기여하고 있다. 정원은 그 나라의 이미지에 긍정적으로 영향을 미치면서 그 나라 제품의 이미지를 향상시키는 데도 크게 기여한다는 것을 알 수 있다. 이것이 진정한 정원의 가치이고 브랜드의 힘이라는 것에 주목했으면 한다.

두 가문의 정원 사랑 이야기

피롤리 가든

Filoli Garden

피롤리 가든 속에 핀
두 가문의 아름다운 이야기

피롤리 가든은 남 샌프란시스코에서 약 40㎞ 정도 떨어진 캘리포니아 주 우드사이드에 위치해 있다. 이곳을 가로지르는 산타크루즈 산맥의 동쪽사면에 크리스탈 스프링스 저수지가 있고, 그 남쪽 끝자락에서 피롤리 가든을 만나볼 수 있다. 2.6㎢ 정도의 광활한 자연풍경지에 6만 5000㎡의 정형식 정원Formal Garden이 조성되어 있고 그 안에 소박한 시골풍 건축물들이 들어서 있는 미국 최고의 별장정원이다.

피롤리 가든은 번Boum 가와 로스Roth 가의 서로 다른 두 집안의 이야기가 서려 있는 곳이다. 먼저 번의 가족들은 1630년 영국에서 미국으로 건너왔다. 그들은 유럽에서 경험했던 정원이

나 주택들을 떠올리며 시골느낌 물씬 풍기는 별장을 조성하였
다. 약 5000㎡ 정도의 규모로 건축한 별장건물은 조지안 양식
Georgian Style으로 캘리포니아에서 보기 드문 사례다. 조지안 양
식은 영국에서 하노버 왕가(1714-1830) 시대에 유행한 신고전
주의로, 이 시기 건축의 원형은 이탈리아 르네상스 건축물이
아닌 고대 그리스 · 로마 건축양식이었다. 웅장하고 단순하여
남성적이라고 일컬어지는 도리스 양식Doric Order과 섬세하고 우
아하여 여성적이라고 일컬어지는 이오니아 양식Ionic Order의 건
축요소를 엄격히 적용한 신고전주의는 18세기 후반의 영국 건
축을 지배했다고 해도 과언이 아니다. 피롤리 가든에 이 건축
양식이 다시 부활했는데 건축물의 외관뿐 아니라 내부 인테리
어에도 당시 디자인 스타일이 적용되었다.

피롤리 가든은 샌프란시스코에 물을 공급하는 스프링 벨리
생수회사Spring Valley Water Company의 회장이자 금광산 소유 부자 중
의 한 사람인 윌리엄 바우어 번2세William Bowers Bourn II, 1857-1936와
그의 아내 아그네스 무디 번이 1915년에서 1917년 사이에 조
성하였다. 1906년 샌프란시스코 지진 때 그곳에 살던 부호들
은 지진대를 피해 남쪽반도 지역으로 이주하며 거대한 별장들
을 건설하였다. 그 가운데 당시 가장 큰 금광과 생수공급회사
를 소유하고 있던 윌리엄 번2세도 우드사이드에 별장을 마련

하였다. 영국 케임브리지에서 공부한 번은 윌리스 폴크Willis Polk
라는 당대 최고의 건축설계사에게 건물을 의뢰하였는데 아예
정원의 기본구상까지 그에게 맡겼다. 또 경관 및 정원 디자인
에는 예술가이자 조경가인 부르스 포터Bruce Porter에게 부탁했고
샌프란시스코에서 활약하던 건축가 아더 브라운 주니어Arther
Brown Jr.도 함께 참여하였다. 이후 1936년 윌리엄 번2세와 아내
아그네스 번이 사망한 후, 이 정원은 이듬해 미국의 유명한 해
운사Matson Navigation Company의 상속녀인 루라인 맷슨 로스와 그의
남편 윌리엄 로스에게 팔리게 되었다.

로스 일가는 정원 전문가들을 고용해 원 주인인 번 가문의
각별한 정원사랑을 존중하면서 세계 최고 수준의 정원으로 관
리해 오다 1975년에 이곳을 매각하려고 내놓게 되었다. 그런
데 매입하려고 나선 사람들이 정원에 대한 관심도, 이곳을 가
꾸려는 의지도 없다는 것을 알고 매각 결심을 원점으로 돌려
놓게 되었다. 여러 대안을 생각한 끝에 이 정원을 사적지 보존
단체인 내셔널 트러스트National Trust for Historic Preservation에 기증하게
되었다.[32] 나중에 알려진 사실이지만 로스 가문은 피롤리의 전
소유주인 번 가문의 발자취를 훼손하지 않고 그의 정원에 대
한 열정을 고스란히 이어온 것이다. 이런 상황이야말로 역사
적 계승·발전이라는 말에 딱 들어맞는 경우가 아닌가 싶다.
오늘날 피롤리 가든은 전 세계 내로라하는 어떤 정원들과 비
교해도 손색없는 아름다운 정원이 되었다. 거기에 두 가문의
아름다운 이야기가 정원을 더욱 빛내는 자양분이 되고 있다.

피롤리 가든은 현재 '미국 역사적 랜드마크Historic Landmark'로
지정되어 있으며, 아울러 '국립역사유적지Bourn-Roth Estate'로 등
록되어 있다. 현재 이 정원은 특정 개인의 소유가 아니라 정원
을 사랑하는 모든 이들이 함께 정원의 아름다움과 가치를 공
유할 수 있게 되었다. 다소 낯설게 느껴지는 피롤리라는 정원
이름에도 가문의 철학이 녹아 있다. 윌리엄 번 가문의 평소 신

념이 녹아 있는 좌우명에서 착안했다. "대의명분을 위해 싸우고Fight for a just cause, 이웃을 사랑하며Love your follow man, 선한 삶을 살아라Live a good life"에서 비롯되었는데 첫 두 글자씩을 조합해서 정원이름을 피롤리(Fi+Lo+Li)로 지었다. 더불어 이곳에는 영국과 아일랜드 등에서 시대별로 수집된 오리지널 가구가 건물 인테리어와 조화를 이루며 전시되고 있는데 북 캘리포니아에서 가장 유명한 두 명문가의 생활상을 엿볼 수 있다. 특히 로스 여사는 한때 살아 있는 박물관으로 일컬어질 만큼 평소 이 방면에 조예가 깊었던 것으로 알려져 있다.

대체로 역사란 현재의 권력이 과거의 역사를 지워버리는 것이 다반사인데 전 소유주의 역사를 존중하고 함께 공유하는 것은 상당히 이례적인 일이다. 분명한 것은 역사적 자산의 중요성을 인식하고 이것을 계승하고 공유하려는 이 두 가문의 위대한 정신이 밑거름이 되고 있다는 점이다. 이런 감동적인 이야기에 공감해서일까? 이 정원을 자신의 정원처럼 여기는 사람들이 늘어났고 이들이 대부분 정식회원으로 등록하여 동참하고 있다고 한다. 그 가운데 자원봉사로 참여하는 사람들의 숫자만 해도 1000여 명에 이른다고 한다. 아무튼 이런 사실에 대해 주목할 필요가 있다. 소통과 공감이 절실히 요구되는 요즘 우리가 본받을 만한 멋진 정원이 아닌가 싶다.

정원은 융복합문화를 담아내는
최고의 그릇이다

지금 우리는 그 어느 때보다도 다양성, 다원화 등이 강조되고 있는 융복합시대에 살고 있다. 정도의 차이는 있지만, 문화나 예술, 디자인 분야에서는 서로 영감을 주고받으며 영향을 미친다. 동양은 서양을 따라하고 서양은 동양을 동경한다는 말이 있다. 그 결과 퓨전fusion이라는 단어는 이제 모든 영역에서 자연스럽게 받아들일 만큼 흔한 시대적 산물이 되고 있다. 정원양식 또한 예외가 아니어서 혼합형 정원양식이 지속적으로 등장해 왔다. 그 배경에는 철학, 경제성 혹은 환경문제 등 다양한 이유가 있지만, 부인할 수 없는 것은 사람들의 욕구와 관련된 문화현상cultural phenomenon은 끊임없이 변화한다는 점이다. 그런 점에서 보면 피롤리 가든은 다양한 이국적인 요소들을 한꺼번에 만나볼 수 있는 매우 이색적인 정원이다. 물론 미국이라는 나라 자체가 세계 각국으로부터 들어온 이민자들에 의해 형성된 다문화국가라는 점에서 어쩌면 자연스런 현상이라고 할 수 있다. 피롤리 가든은 그런 다문화적 소산이라고 할 수 있는데 기본적으로 이탈리아 정형식과 영국 자연풍경식의 영향을 받은 혼합형 정원이다. 이와 관련하여 영국

의 정원 디자이너였던 에드윈 루티언스Edwin Landseer Lutyens, 1869-1944
와 거트루드 지킬Gertrude Jekyll, 1843-1932에 관한 이야기를 하지 않
을 수 없다.

이들은 일찍이 19세기 말에 이탈리아 정형식 정원을 재해
석하여 새로운 정원양식을 선도한 바 있다. 지킬이 인도 뉴델
리를 설계한 당대 최고의 건축가였던 루티언스와 협력하여 조
성한 정원이 바로 영국 헤스터콤 가든Hestercombe garden인데, 이곳
은 돌과 꽃을 소재로 하여 생동감과 화려함을 극대화시킨 사

례로 정원의 진수를 보여준다. 사실 지킬은 20세기 초 영국 정원의 개념을 새롭게 정립할 정도로 탁월한 여성 정원 디자이너다. 원래 화가였으나 근시가 악화되어 더 이상 그림을 그릴수 없게 된 그녀는 타고난 예술적 감각과 재능을 물감과 캔버스 대신 꽃과 정원에 쏟아부었다. 꽃을 소재로 한 화려한 색감의 정원은 당시 많은 정원 디자이너들에게 새로운 영감을 제공한 것으로도 유명하다. 우리가 익히 알고 있는 영국 시싱허스트 가든Sissinghurst Castle Garden, 히드코트 가든Hidcote Manor Garden, 위즐리 가든 등 수많은 정원에 적지 않은 영향을 미쳤다. 그녀는 영국은 물론 미국과 유럽에 400여 개의 정원을 설계할 정도로 정원역사에 끼친 영향은 지대하다. 이런 정원의 새로운 바람을 찰스 아담스 플랫Charles Adams Platt, 1861-1933과 베아트릭스 페란드 Beatrix Farrand, 1872-1959 등이 다시 미국에 소개하였다.

피롤리 가든은 혼합형 미국 정원양식의 전형이라고 할 수 있다. 물과 잔디의 사용, 공간의 위계, 건축물과 자연과의 조화, 꽃의 활용 등을 통해 정원의 극치미를 이끌어냈다. 이 정원을 걷고 있노라면 익숙한 듯 새로운 듯 종잡을 수 없는 매력 속으로 빠져든다. 어쨌든 정원은 융복합문화를 담아내는 최고의 그릇임에 틀림이 없다. 정원이 어디까지 진화할지를 지켜보는 것도 매우 흥미로운 대목이다.

느림의 철학, 슬로시티에 흐르다

댈러스 매키니

Dallas McKinney

진정한 슬로시티,
댈러스 매키니 원도심

우리나라는 지금 도시재생이 뜨거운 화제다. 문재인정부가 도시재생 뉴딜사업이라는 정책으로 도시 활성화를 위해 제도적·경제적 지원을 아끼지 않고 있기 때문이다. 특히 오랫동안 수도권에 비해 상대적으로 침체되었던 지방도시의 경우 도시에 활력을 불어넣을 절호의 기회로 삼고 도시재생에 심혈을 기울이고 있다. 거의 대부분의 도시들이 도시재생센터 등과 같은 관련 조직을 운영하면서 저마다의 매력 있는 도시 가꾸기를 위해 매진하고 있다. 이런 정책을 통해 도시가 경제적으로 활력을 찾고 경관적 측면에서도 아름다운 도시로 거듭날 수 있기를 바라지만, 사실 우려되는 측면이 없지는 않다. 왜냐하면 그동안 도시나 지역을 개발하는 과정에서 수없이 많은 시행착오를 겪어 왔기 때문이다. 도시재생에 제아무리 훌륭한 정책이나 예산이 뒷받침된다고 하더라도 비전이나 목표설정, 그리고 실천과정에서 시민의식이 따라주지 못한다면 성공할 확률이 높지 않은 것이 현실이다.

도시재생이 성공을 거두기 위해서는 과거의 시행착오에 대한 깊은 성찰이 우선되어야 하지 않을까. 한쪽에서는 도시재생을 위해 머리를 싸매고 고민하는 와중에도 다른 한쪽에서는 아랑곳하지 않고 40, 50층이 넘는 고층 아파트들이 여전히 하늘을 향해 치솟고 있다. 도시는 두 가지 얼굴을 동시에 지니고 있다. 긍정적인 경우 다양한 인간의 역량이 결집된 과학, 기술, 예술 등의 종합체로서 인류 최고의 걸작으로 평가받을 수 있지만, 역으로 다양한 요소들이 조화를 이루지 못하고 난맥상을 보일 때 의도치 않은 재앙의 산물이 될 수도 있다는 점을 간과해서는 안 된다. 따라서 전자가 될 수 있도록 끊임없이 관심을 갖고 개선해야 하는 이유가 여기에 있다.

무엇보다 도시는 사람 냄새가 나야 하는데, 중요한 것은 시민들의 건전한 공동체 형성에 기여할 수 있어야 한다. 그러기 위해서는 누구나 자신의 눈높이에서 더불어 문화를 향유할 수 있어야 한다. 바로 '배려의 디자인Caring Design'이 필요한 이유다.

다음으로 중요한 것은 자연환경이다. 콘크리트로 대변되는 인공 위주의 도시구조를 바꾸지 않으면 건강한 도시가 될 수가 없다. 정원과 공원을 늘리고 인공면적을 최소화하는 다양한 녹화디자인을 도입해야 한다. 바로 '생태디자인Ecological Design'이 필요하다. 그에 못지않게 중요한 것이 있는데 다름 아닌 시간자원에 대해 주목해야 한다. 도시에서 과거의 흔적을 느낄 수 없다면 사람들의 체취나 정감을 느낄 수 없다. 그래서 '풍경디자인Landscape Design'이 필요하다.

아름다운 풍경은 사람들에게 치유와 영감을 준다. 뿐만 아니라 사람들이 도시에 머물고 싶은 생각이 들게 하기 위해서는 사람과 공간이 일체화할 수 있도록 흥미로운 문화 프로그램을 지속적으로 가동해야 한다. 말하자면 길거리 공연busking, 프린지 페스티벌fringe festival, 문화장터 등은 도시의 활력을 불어넣을 수 있는 매우 중요한 이벤트 요소다. 매키니 원도심에서는 도시재생의 바람직한 방향을 위해 눈여겨볼 만한 흥미로운 요소들을 심심치 않게 발견할 수 있다.

매키니 원도심은 오래전 상영되었던 서부극에나 나올 법한 총잡이들이 당장이라도 튀어나올 것만 같은 당시의 흔적들이 요소요소에 남아 있다. 재미있는 것은 이곳 경찰들은 여전히 말을 타고 순찰을 한다. 관광객들의 사진촬영 요구도 흔쾌히

받아 준다. 시가지를 걷다 보면 '이것이 바로 전통이구나' 하는 생각이 절로 든다. 이곳에 있으면 시간이 천천히 흐르는 것 같다. 그래서 이곳이야말로 진정한 슬로시티가 아닌가 싶다.

이 작은 마을에는 미술관과 박물관이 있고 마을도서관도 있다. 이 마을을 찾는 사람이 적지 않아서인지 관광지도와 안내 책자 등을 제공하는 정보센터도 어엿하게 갖추고 있다. 정보센터에는 나이 지긋한 할머니가 데스크에 앉아 있었는데 친

절하고 자상하게 설명해 주면서 이런저런 자료도 건네주었다. 작은 마을박물관에서도 팔순쯤 되어 보이는 할아버지 두 분이 데스크에서 안내를 하고 있었다. 박물관에 대해 매뉴얼처럼 마을역사와 콘텐츠에 대해 더듬더듬 설명해 주었다. 사실 매키니는 거리 자체가 살아 있는 박물관이라고 해도 과언이 아니다. 유럽의 여느 도시처럼 압도할 만한 건물이나 광장이 있는 것은 물론 아니다. 그저 소박한 건물과 부담스럽지 않은 옥외광고물, 그리고 건물 앞에 무심히 놓아 둔 것처럼 보이는 화분과 소품 장식물들이 과거와 현재를 잇는 매개역할을 하고 있었다.

사실 이 마을에서 가장 놀랐던 것은 다름 아닌 골동품점이다. 조그마한 마을임에도 불구하고 여기저기 골동품점이 많아서 구경하는 재미가 쏠쏠했다. 가게마다 취급하는 품목이 조금씩 다르긴 했지만 고가구를 비롯해서 농기구, LP음반, 심지어 오래된 콜라병까지 소소한 것들을 함부로 버리지 않고 모아 진열해 놓고 있었다. 한국적 상식이라면 재활용자원으로 내놓기도 미안할 것 같은 물품들도 있어 다소 의아하게 생각할 수도 있지만, 이들은 시간의 흔적이 남아 있는 것에 대한 생각과 견해가 우리와 사뭇 다르다는 것을 느낄 수 있었다. 단순히 가게에 진열해 놓은 것에서만 그렇게 느끼는 것이 아니

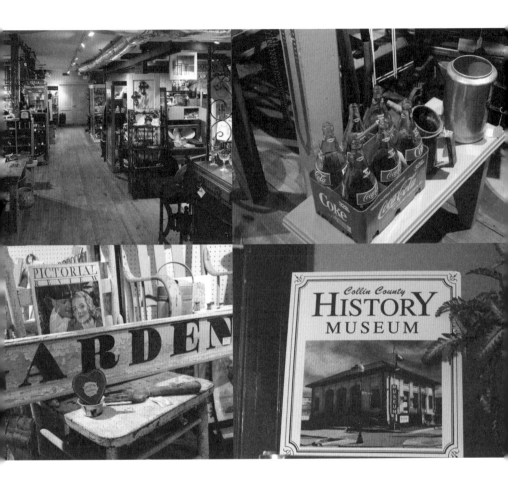

다. 건물 앞이나 담장, 대문을 장식한 소품들을 보면 평소 생활에서도 이것들을 장식품으로 잘 활용하고 있음을 알 수 있다. 그러고 보니 '하나도 버릴 것이 없겠구나' 하는 생각이 들었다. 도시재생은 기존의 것을 새로운 것으로 갈아치우는 일이 아니라 옛것에 대한 새로운 해석을 통해 가치를 부여하고 조화를 이루게 하는 것이 아닌가 생각된다.

신구 조화로 미국에서
가장 살기 좋은 도시로 선정되다

텍사스가 멕시코에서 독립을 선언한 직후인 1836년에 레드 리버 카운티가 창설되었는데 북부 텍사스의 대부분을 차지한다. 1년 후 1837년에 판닌 카운티가 레드 리버 카운티로부터 분리되었음에도 여전히 넓은 면적이었다. 이후 1846년에 판닌 카운티는 현재의 콜린, 덴톤, 댈러스, 헌트, 그리고 그레이슨 카운티 등으로 각각 분리되었다. 포트 버크너는 첫 번째 콜린 카운티의 소재지가 되었다.

1848년에 텍사스는 카운티 소재지의 조건으로 카운티 중심부로부터 4.8㎞ 이내에 위치해야 한다고 선포하였다. 그러나

그런 위치에 그럴 만한 도시가 없었다. 이런 와중에 존 맥개러라는 사람이 매키니 시내 광장으로 그의 잡화점을 옮기게 되었다. 광장이라고는 하지만 그때 그 주변은 덤불숲으로 덮여 있었다. 사람들은 맥개러 상점에서 거래하기 시작했고 이윽고 은행까지 들어서게 되었다. 이것이 계기가 되어 매키니 카운티가 소재지로 발전하게 되었다.

매키니는 텍사스 댈러스 근교에 위치해 있는데 콜린 카운티에 속해 있다. 이 도시의 소소한 역사는 박물관과 도서관은 물론이고 거리 곳곳에서 피부로 느낄 수 있다. 2014년 〈타임〉지의 조사에 따르면 매키니는 '미국에서 가장 살기 좋은 도시 Best Place To Live In America'로 선정된 바 있다. 기존의 원도심은 전통과 자연이 잘 보존되어 쾌적하고 아름다울 뿐 아니라 새롭게 조성된 신도시의 경우 항공, 메디컬, 그린에너지 등의 회사들이 옮겨와 일자리를 창출하고 있어 더할 나위 없이 살기 좋은 도시로 각광을 받고 있다. 특히 원도심은 여느 도시처럼 번잡하지도 않고 겨울철 날씨가 비교적 따뜻한 편이어서 은퇴 후 노인들이 거주하기도 용이할 뿐 아니라 댈러스나 신도시 등에서도 비교적 근거리에 위치해 있어 여가공간으로도 활용되고 있다. 무엇보다 지역의 역사를 소중히 여기는 것만으로도 배울 점이 많은 도시다. 그 흔적이 거리 곳곳에 묻어 있어 몸소

느낄 수 있다. 그래서인지 이곳에 사는 사람도, 이곳을 방문하는 사람도 시간에 얽매이지 않는 여유로운 표정과 걸음걸이가 참 인상적이다. 또 하나 관광정보센터 직원이 건넨 명함 뒷면에 실려 있는 "우리의 일은 우리의 가치관에 의해 추진된다Our work is driven by our values"라는 문구가 쉽사리 잊히지 않는다.

머물고 싶고 살고 싶은 도시의 오아시스

댈러스 식물원

Dallas Botanical Garden

천 개의 표정을 가진 도시의 오아시스,
댈러스 식물원

미국 텍사스 하면 어떤 이미지가 떠오르는가? 혹시 챙 넓은 모자와 바람에 휘날리는 스카프로 단장한 멋진 총잡이가 말을 타고 사막을 달리는 장면은 아닌가. 하지만 텍사스 주에서 사막이 차지하는 비율은 불과 10% 미만이다. 텍사스는 풍부한 석유자원을 기반으로 미국에서 두 번째 가라면 서러워할 정도로 큰 시장을 형성하고 있는데, 주 자체만으로도 세계 8위 규모의 경제력을 갖추고 있다고 한다.

텍사스는 에너지 관련 석유화학공업 이외에 IT 및 항공우주기술이 발달한 지역으로 전 세계 반도체 업계를 선도하는 텍사스 인스트루먼츠TI: Texas Instruments도 텍사스에 본사를 두고 있

다. 텍사스는 1789년 초대부터 현재 제45대 대통령에 이르기까지 드와이트 D. 아이젠하워, 린든 B. 존슨, 조지 H. W. 부시와 조지 W. 부시 등 네 명의 대통령을 배출한 곳으로 자부심이 대단하다. 텍사스에서 제일 큰 도시는 휴스턴이고 미국에서 네 번째로 큰 도시다. 그리고 댈러스는 휴스턴에 이어 두 번째로 큰 도시며, 파머스 브렌치, 갈렌드, 그랜드 프레리, 어빙 등 여러 작은 도시들을 포함한 도시복합체의 중심도시다. 특히 텍사스 주 댈러스는 사통팔달 남서부 교통의 중심지로서 편리한 교통 덕분에 비즈니스의 허브로 자리 잡을 수 있었다. AT&T와 세븐일레븐 등 많은 다국적 회사들이 댈러스에 본사를 두고 있다. 도시의 관문인 댈러스 포트워스 국제공항은 컨벤션, 관광 등 방문객들로 연중 북적거린다.

댈러스는 종종 '빅디Big D'로 불린다. 이런 저런 것들이 스케일도 크지만 댈러스가 품고 있는 다양성 때문이 아닌가 싶다. 산업이나 비즈니스뿐 아니라 컨트리 음악부터 바비큐로 대표되는 음식, 매년 새로운 것을 선보이는 예술에 대한 열정에 이르기까지 그야말로 이 도시에는 없는 것이 없다. 이 밖에도 댈러스를 상징하는 키워드는 수없이 많다. 그 가운데 결코 빼놓을 수 없는 보석이 이 도시 안에 숨겨져 있다. 바로 댈러스 식물원을 꼽을 수 있다. 이 식물원은 댈러스에 머물고 싶고 살고 싶다는 생각이 들게 한 곳이다. 화이트 락 호수White Rock Lake 의 남동쪽에 위치한 댈러스 식물원은 도시의 스카이라인과 호 수가 조망되는 곳으로 흥미로운 테마의 정원들과 다양한 분 수들의 전시장이다.

이 식물원은 미국 지구물리학의 아버지로 불리는 에버렛 드골리에Everette Lee DeGolyer, 1886-1956의 소유였는데, 그는 유언을 통 해 그가 가진 재산을 사회에 환원하게 되었고 마침내 그의 집 과 정원은 댈러스 시민들에게 휴식과 힐링을 주는 '댈러스의

오아시스'가 되었다. 그는 오늘날 TI로 알려진 기업의 전신인 GSIGeophysical Service Inc.의 설립자였다. 세계 최초로 석유산업에 지구물리학을 적용함으로써 석유탐사와 시추를 용이하게 한 것으로도 유명하다. TI는 2016년 포브스가 '미국 최고의 직장 America's best employer'으로 선정한 글로벌 시스템 반도체기업이다. 이 식물원의 부지 대부분은 드골리에와 그의 아내 넬을 위해 조성된 엔시널 목장으로 알려진 사유지(0.18㎢)였다. 드골리에 는 국가역사유적지의 목록을 가지고 있을 정도였고, 그의 아 내는 광활한 화훼정원에 대해 대단한 흥미를 가지고 있었다. 1976년 이후 드골리에 사유지는 대부분 식물정원으로 변모하 게 되었다. 그리고 인접한 알렉스와 로버타 코크 캠프 부지를 사들이면서 26만 7092㎡ 정도가 더 넓어졌다. 마침내 1984년 에 개원한 식물원정원은 19개의 개성 넘치는 테마 정원으로 자리 잡게 되었다.

부지 내에 1940년에 완성된 2000㎡ 규모의 스페인양식 드 골리에 저택이 있는데 뒷마당에 위치한 정원 카페와 회랑에 서는 화이트 락 호수와 단층으로 조성된 분수, 그리고 여성정 원A Woman's Garden 등을 한눈에 조망할 수 있다. 여기에는 야외 음악당, 피크닉장, 그리고 텍사스 파이오니아 어드벤처에 있 는 주택건물 모형세트와 초원생활을 묘사한 다른 구조물들도 함께 배치되어 있다. 아울러 2009년 9월에 댈러스 개발업자인 트렘멜 크로우Fred Trammell Crow, 1914-2009가 자신의 이름을 따서 명명한 방문자 센터를 새롭게 오픈하면서 정원은 더욱 확장되었다. 이 방문자 센터는 텍사스 향토재료인 석회석과 목재 등으로 만들어졌는데 정원의 관문으로서 이용객 편의를 도모하기 위한 일종의 서비스 시설이다. 여기에는 선물상점, 회의실, 정자, 그리고 화이트 락 호수를 조망할 수 있는 정원 등으로 구성되어 있다. 야간에는 마천루 조명이 빛나는 댈러스 도심을 조망할 수 있는데, 호수에 반사되는 불빛이 매우 인상적이다.

이 식물원정원은 전체적으로 하나의 맥락을 가지면서도 공간마다 별도의 테마가 있어서 걸음을 옮길 때마다 색다른 즐거움을 만날 수 있어 지루할 틈을 주지 않는다. 다양한 테마정원 가운데 유독 눈길을 끈 정원이 있는데 마가렛 엘리자베스 존슨 색채정원Margaret Elisabeth Jonsson Color Garden이다. 이 정원은 노드 버넷2세Naud Burnett II가 설계하였는데 2만 6300㎡ 정도의 면적으로 사계절 꽃과 식물을 볼 수 있는 것이 특징이다. 특히 진달래, 튤립, 수선화 등 2000여 종 이상의 다양한 꽃들을 구경할 수 있다. 또 이름 때문에 뭔가 특별한 의미가 있을 법한 여성정원은 댈러스 여성위원회the Women's Council of Dallas로부터 제공된 선물이라고 한다. 이 정원은 계단식으로 조성된 산책로 형태를 띠고 있는데 정형식 정원(7284㎡) 제1단계는 1997년 조경가 모건 휠락에 의해 설계되었다. 침상沈床형 장미정원인 시 정원the Poetry Garden을 비롯한 아기자기한 작은 옥외정원들로 구성되어 있다. 그리고 2006년 봄 대중에게 공개된 제2단계 정원은 텍사스 공대졸업생이자 댈러스 조경가로 활동 중인 워렌 존슨이 설계하였다. 이 정원에는 텍사스 석회암으로 만들어진 예쁜 다리가 있고 약 40m의 공중정원이 볼거리로 제공되고 있다. 이 정원은 여성들의 양육과 창의성, 용기, 능력 등을 찬양하고 격려하기 위해 조성되었다는 점에서 시사하는 바가 크다. 그 밖에도 미국 글로벌 건설회사인 벡그룹The Beck Group의 후원으로 로랜드 젝슨 등에 의해 설계되어 2011년 가을에 개원한 낸시 러치크 꽃단풍 개울The Nancy Rutchik Red Maple Rill도 신선한 디자인이다. 이 정원(약 8000㎡)에서는 개울을 따라 식재된 80여 종 이상의 붉은 단풍을 감상할 수 있고, 목련이 식재되어 있는 소로小路와 예쁘게 포장된 산책로, 석교, 벽천 등을 감상할 수 있다.

또 하나 빼놓을 수 없는 정원이 있는데 로리 메이어의 어린이 모험정원The Rory Meyers Children's Adventure Garden이다. 이 모험정원은 자연과 어린이를 주제로 설계되었는데 텍사스 스카이워크

The Texas Skywalk로 명명되었다. 이곳은 150여 개의 흥미로운 어린이 친화시설이 있는데 어린이정원은 기본적으로 댈러스 시가 지원했고 시민들과 기업들도 기부에 참여하여 완성되었다. 댈러스 식물원정원은 최고의 경관 전문가와 정원 디자이너들이 참여한 덕분에 전체적으로 볼거리도 풍부하고 디자인의 완성도도 매우 뛰어나다. 하지만 더 중요한 것은 기부와 헌신과 참여, 그리고 여성, 어린이를 비롯한 모든 시민들에 대한 세심한 배려를 통해 만들어지고 가꾸어져 왔다는 점이다. 미래도시에 있어서 정원이 시민들의 삶의 질 향상에 어떻게 기여해야 하는지 보여주는 좋은 사례가 아닌가 싶다.

댈러스 식물원,
융복합 정원으로 거듭나다

댈러스 식물원과 같은 유형을 보통 '식물원정원'이라고 부르고 있다. '식물원이면 식물원이고 정원이면 정원이지 식물원정원은 뭐지?'라고 의아해 할 수 있을 것이다. 이유는 이렇다. 원래 식물원은 식물을 위주로 수집, 연구, 교육 등의 기능을 수행해 왔다. 댈러스 식물원의 공식명칭은 댈러스 식물원

Dallas Arboretum이다. 원래 식물원Botanical Garden이라는 이름에 이미 정원의 의미를 포함하고 있다. 댈러스 식물원의 경우 수목원 개념에 가까운 'Arboretum'이라는 명칭을 사용하고 있지만 실제 사용하는 의미는 일반 식물원과 크게 다르지 않다. 당초와는 달리 현재 20여 개의 테마 정원으로 가꾸어지면서 식물원이라는 표현으로는 뭔가 부족하다는 느낌이 들어 정원이라는 용어를 덧붙여 부르고 있는 셈이다. 말하자면 식물원이라는 기본적인 기능을 유지하면서 대중과 소통하는 정원 성격을 강화하면서 새롭게 거듭난 셈이다.

사실, 최근의 경향을 보면 식물원뿐 아니라 공원, 수목원을 비롯하여 마을, 공장, 역사공간 등 우리 일상에서 접하는 대부분의 공간들이 정원을 지향하고 있다. 그런 차원에서 정원에 대한 새로운 인식이 요구되고 있고 도시계획, 지역계획에서도 마찬가지로 새로운 접근이 이루어져야 할 것이다. 최근 우리나라에서도 이런 흐름에 발맞춰 기존의 〈수목원관련법〉을 개정하여 정원개념을 추가한 〈수목원·정원법〉(수목원·정원의 조성 및 진흥에 관한 법률, 2015. 7. 21 시행)을 제정하게 되었다. 그동안 산림, 수목원, 식물원 등 업무를 주로 관장해 오던 산림청은 식물 위주의 업무에서 벗어나 유희시설, 편의시설 등을 담은 정원업무까지 범위 확장을 꾀하고 있다. 정원에서 식물이 차지하는 비중은 굳이 두말할 필요가 없다. 다만, 현대의 정원은 단순히 여러 식물을 배열하고, 각종 시설물을 끌어들이는 정도로 시민들의 욕구나 도시의 위상을 높일 수 없을 뿐 아니라 지역이나 시대적 특성을 반영하고 삶의 질 향상에 기여하기 어려울 것이다. 도시계획이 도시계획 전문가는 물론이고, 건축, 조경, 토목, 환경, 교통, 문화, 관광 등 다양한 분야의 전문가들과 더불어 일반 시민들의 참여가 요구되고 있는 이치와 다를 바 없다. 마찬가지로 정원도 식물 전문가를 비롯하여 경관, 역사, 문화, 예술, 심리학 등 다양한 전문적 식견이 요구되고 있고 정원을 즐기는 수요자의 입장을 지속적으로 반영해야 한다. 이것이 댈러스 식물원이 댈러스 식물원정원으로 변모한 주된 이유기도 하다.

출처 및 참고서적

1　Earth Perfect? GIESECKE/JACOBS(2012), Black Dog Publishing.
2　핸드릭 발램 반 룬 지음, 김재윤 옮김(2010), 명화와 함께 읽는 성경이 야기(구약), 골드앤와이즈.
3　임세근(2009), 단순하고 소박한 삶, 아미쉬로부터 배운다, 리수.
4　https://www.kew.org/
5　에벤에저 하워드 지음, 山形浩生 옮김(2016), 明日の田園都市, 学芸出版社.
6　루이스 멈퍼드 지음, 김영기 옮김(1993), 역사 속의 도시, 명보문화사.
7　Chelsea Flower Show 2018, RHS(www.rhs.org.uk).
8　LET's GROW for the future(2018), M&G INVESTMENTS.
9　BUSCOT PARK & The Faringdon Collection, VISTOR INFORMATION 2018, The National Trust.
10　윌리엄 셰익스피어 지음, 최종철 옮김(2012), 햄릿, p.24, 민음사.
11　전게서, p.44.
12　윌리엄 셰익스피어 지음, 박우수 옮김(2019), 한여름 밤의 꿈, p.43, 열린책들.
13　윌리엄 셰익스피어 지음, 신정옥 옮김(2009), 로미오와 줄리엣, p.75, 전예원.

14 RHS Garden Wisley(2010), Royal Horticultural Society.

15 Markus Zeiler 글, Peter Allgaier 사진, The Gardens of MAINAU FLOWER ISLAND, Ulmer.

16 E. F. 슈마허 지음, 이상호 옮김(2013), 작은 것이 아름답다, 문예출판사.

17 미시마 유키오 지음, 허호 옮김(2017), 금각사, 웅진지식하우스.

18 전게서, p.367.

19 有馬賴底 · 久我なつみ 共著(2007), 銀閣寺, 淡交社.

20 角谷嘉則 著(2009), 株式会社黒壁の起源とまちづくりの精神, 創成社.

21 마하트마 간디 지음, 김태언 옮김(2015), 마을이 세계를 구한다, 녹색평론사.

22 足立全康 著(2015), 庭園日本一足立美術館をつくった男, 日本経済新聞出版.

23 전게서, pp.217-218.

24 빈센트 반 고흐 지음, 신성림 옮김(2017), 반 고흐, 영혼의 편지, p.217, 위즈덤하우스.

25 전게서, p.220.

26 Adrien Goetz(2015), Monet at Giverny, Gourcuff Gradenigo.

27 생시몽 지음, 이영림 편역(2014), 루이14세와 베르사유 궁전, 나남.

28 www.keukenhof.nl//en/.

29 알렉상드르 뒤마 지음, 송진석 옮김(2016), 검은 튤립, 민음사.

30 www.longwoodgardens.org.

31 www.longwoodgardens.org.

32 FILOLI-Family Home, Historic Garden, Living Museum(2017), SHIRE.